La sombra del Minotauro

ANTONIO LOZANO

La sombra del Minotauro

NOVELA

ALMUZARA

2011

© Antonio Lozano González, 2011
© Editorial Almuzara, s.l., 2011

Primera edición: junio de 2011

Reservados todos los derechos. «No está permitida la reproducción total o parcial de este libro, ni su tratamiento informático, ni la transmisión de ninguna forma o por cualquier medio, ya sea mecánico, electrónico, por fotocopia, por registro u otros métodos, sin el permiso previo y por escrito de los titulares del *copyright*.»

Almuzara Tapa Negra
Dirección literaria: Javier Ortega
Editorial Almuzara
Director editorial: Antonio E. Cuesta López
Maquetación: Óscar Córdoba
www.editorialalmuzara.com
pedidos@editorialalmuzara.com - info@editorialalmuzara.com

Imprime: Gráficas La Paz
I.S.B.N: 978-84-15338-09-3
Depósito Legal: J845-2011

Hecho e impreso en España - *Made and printed in Spain*

*A Carole Lauzière y Carolina Lozano.
Y, siempre, a mi Clari.*

1

El timbrazo le perforó el tímpano, tenaz como un taladro empujado con mano firme contra pared de hormigón, y envalentonado con la certeza de que, al final, lograría vencer la resistencia del enemigo.

Donde sólo había un cerebro anestesiado fueron apareciendo señales, remotas aún, de vida: por el pequeño agujero que lograba abrir el taladro se coló un zumbido lejano primero, la amenaza de un torrente de dolor después, la presencia inequívoca, al cabo, de una broca al rojo vivo arribando al centro mismo del cerebro.

La suerte estaba echada: a esa altura del suplicio, no le quedaba más opción que descolgar el auricular y refugiarse bajo la almohada que, junto a la suya, le adornaba la soledad, y eso hizo. Pero un nuevo timbrazo siguió asestando puñaladas intermitentes y por un instante se aferró a la fantasía de que el duermevela en que flotaba precedía la salida de una pesadilla.

Ni hablar de pesadilla. Nada de ensoñaciones. Realidad, cruda realidad anunciaban el empeño del taladro en seguir con su trabajo, la losa que se había adueñado de la cavidad craneal, el papel de lija que envolvía la lengua. Nada de ensoñaciones porque el cuchillo afilado del timbre seguía presente, los ojos empezaron a abrirse y la luz les lanzó sus dentelladas. El dolor y la rabia le arrancaron un grito aflautado y grotesco.

El teléfono dejó de sonar pero, a los pocos segundos, se esfumó la esperanza de haberse librado de él, y reunió unas fuerzas que no tenía para salir en busca del móvil, decidido a tirarlo al retrete nada más ponerle la mano encima. Pero en la eternidad que tardó en encontrarlo se convenció de que apretaría el botón verde del aparato y contestaría, porque la luz que inundaba la habitación anunciaba que hacía horas que debería haberse incorporado a su puesto de trabajo, si es que el maldito día que acababa de empezar era laborable.

—Disculpe que le moleste en sábado, señor inspector —le aclaró las dudas una voz.

—¿Con quién hablo? —se arrepintió de no haberse enjuagado con litros de agua antes de contestar.

—Un fiel servidor —lo volvió a irritar el subordinado Jiménez con sus modales cursis y adulones que en años de servicio nadie había sido capaz de curar.

—Cuéntame, Jiménez —abrevió el inspector Manuel Márquez, sin fuerzas ni voz para más.

—Terrible, señor inspector, terrible.

—Afloja, Jiménez, me cago en diez.

—Una muchacha, una monada, veinte años, veintidós quizá. Una preciosidad, señor inspector, en la flor de la edad.

—¿Qué le ha pasado a la monada, Jiménez? —hizo ejercicio de contención el inspector.

—Pues que se la han cargado, claro, no me atrevería a molestarle en día festivo si no.

—Cómo ha sido, cuándo, dónde —inquirió, despidiéndose del sábado libre.

—Ah, pues no sé, señor inspector.

—Sabes que es una monada y que se la han cargado, pero nada más...

—Pues... sí, señor inspector.

—¿Y dónde coño quieres que vaya a ver a tu muñeca, Jiménez?

—Le está esperando en Alfredo L. Jones, nº 25.

—Vale, hombre, voy para allá —dio por imposible al cabo Jiménez, apretando el botón rojo del teléfono móvil, maldiciendo la mala hora en que no lo desconectó antes de meterse en la cama, momento por cierto que el alcohol había borrado de la memoria, y decidió, como experto que era en la materia, esperar a estar bajo la ducha fría antes de rebuscar entre las piedras de su cerebro algún recuerdo del que tirar para recorrer el laberinto en que se había perdido, hasta llegar a hacerse alguna idea, vaga aunque fuera, de lo que la noche del viernes le había deparado. Y añoró aquellos años en que tenía en la almohada vecina a su mujer para darle cumplida información sobre unas hazañas enterradas en litros de whisky, hasta el buen día en que ella desapareció de su vida, harta de no ser más que la excrecencia de una memoria anegada por el alcohol.

Pero todo parecía inútil en aquella malhadada mañana de sábado. El agua fría se mostró incapaz de hacerle confesar en qué garitos y compañía había contraído semejante melopea, también de desemponzoñarle el cerebro, liberarle la garganta de la mugre que la atoraba, diluirle el olor a sudor, tabaco, alcohol y orín que su excursión nocturna le había adherido al cuerpo. Tuvo, eso sí, el beneficioso efecto de provocarle una cascada de arcadas que lo ayudaron a vaciarse ahí mismo de la mezcolanza de líquidos y sólidos ingeridos en una noche de esas que los hombres olvidan no, como suele creerse, por la acción del alcohol sino por un artificio de la mente para ahorrarle el mal trago de la indignidad.

Una vez restregado el cuerpo con jabón, humedecidas las axilas con la barrita milagrosa, perfumado el torso con colonia, untada la cara con masaje e inundada la boca con loción para el aliento, borradas al fin las huellas de una noche impropia de un defensor de la sociedad, embutido en su traje de inspector respetable, se dispuso a retomar el papel de profesional intachable y eficiente que tanto respeto le había granjeado en el oficio.

Una muchacha de veinte años asesinada de madrugada en la calle Alfredo L. Jones, pensó en el taxi que lo llevaba a su destino. Una puta, decidió.

2

José García Gago buscó en su aparato de música el dígito correspondiente al adagio de la Suite en La, que compusiera años atrás su homónimo compositor catalán para —le gustaba fantasear— allanarle el camino en los momentos de reflexión. Como uso y costumbre, cerró los ojos para dejar la mente campar a sus anchas por la melodía de sus sueños y convocar así a sus ideas, una vez terminado el breve movimiento, a reunión general, relegando al resto de la Suite al triste papel de música de fondo.

Siempre que un nuevo caso se le presentaba lo hacía, por nimio que pareciera el encargo. Y el que acababa de dejarle sobre la mesa la pareja de hermanos recién salida de su despacho, aparentemente, lo era. Un burgués con un pie en este mundo y el otro en el más allá correteando tras una jovencita, unos hijos preocupados por que la embaucadora rompa el equilibrio de un hogar hasta la fecha ejemplar. No había que ser un genio para caer en la cuenta de que la aflicción de los herederos olía a dinero, a ese dinero que les correspondía por la muy natural ley de la herencia a ellos, y no a ninguna listilla advenediza, por mucho que le ofreciera al padre un canto del cisne caído del cielo.

—¿Qué edad tiene su padre? —les había preguntado el detective.

—Cumple ochenta dentro de unos meses —contestó ella.

—Mayorcito ya como para decidir qué hacer con sus últimos años de vida, ¿no les parece?

—Sí, desde luego —siguió la hermana con las riendas de la conversación—, pero a estas alturas, con mi madre enferma, no quiero ni pensar lo que va a pasar como se entere.

—¡Además, que ya no está para esos trotes! —tronó el hermano.

Por la mirada feroz de la hija del pecador, por la mano que posó sobre el muslo del hermano, también por la obediencia con que éste acató las mudas órdenes supo el detective que el muchacho se había salido de algún guión preestablecido.

A un profesional del husmeo en vidas ajenas no le debe importar las miserias humanas que arrastran los clientes, de sobra lo sabía García Gago —a cumplir con sus exigencias con la nariz tapada y a cobrar toca—, pero era una de las lecciones aprendidas en la Academia que con más gusto se saltaba a la torera, sin aspavientos ni exageraciones porque no estaban los tiempos para regalar trabajo a la competencia. Un punto de autoridad, bien medido y administrado, permitía al detective mantenerse un escalón por encima del cliente, posición clave para llevar la delantera en la pugna que casi siempre terminaba siendo la relación entre uno y otro.

—Lo que le pedimos es, de momento, que siga a mi padre y a esa mujer, que la identifiquen si es posible, que nos diga dónde y cuándo se reúnen —prosiguió la hermana.

—¿No la conocen ustedes?

—Nunca la hemos visto —pareció incómoda ella.

—Mire —García Gago dejó de lado al hermano con la peor intención del mundo—, si quiere que le consiga toda la información que me pide, necesito que me lo cuenten todo. Yo no soy quién para juzgar a mis clientes —mintió para tranquilizarla—. No me interesa para nada lo que haga o deje de hacer su padre; no me interesa en absoluto esa señorita y menos aún me interesan los motivos por los que ustedes quieren la información que me piden. Lo único que le interesa a un detective es hacer el trabajo que le encargan lo mejor posible y cobrar el dinero estipulado por ello. Nada más. Y para hacer bien ese trabajo, eso sí, el detective necesita saberlo todo, porque le aseguro que, en este oficio, la clave del éxito está en los detalles. A veces en un detalle que al cliente le puede parecer insignificante. Por ello le pido, si de verdad quieren que les lleve yo el asunto, absoluta sinceridad. No me oculten nada por temor a lo que pueda pensar de ustedes. En este oficio se ve de todo, ya se lo podrá imaginar, y no hay nada que nos pueda escandalizar. Usted confía en mí y yo le resuelvo el caso. Esa es la clave del éxito, la primera cláusula de nuestro contrato.

La perorata pareció calar en la mujer: el hombre, humillado por el ninguneo padecido, ni se inmutó. Buena señal, juzgó el detective, ha quedado colocado en su sitio, no volverán las escenitas de biempensante contrariado.

De entre todos los clientes, eran los de esa ralea los que más le irritaban. Triste oficio el que le había tocado en suerte, se lamentaba como si no hubiera tenido nada que ver en su elección. Maridos celosos, empresarios a la caza de morosos, herederos en peligro, amantes despechados, aspirantes a chantajista, adictos al morbo, alcahuetes profesionales, políticos trepadores, patrones desconfiados en busca de bajas mentirosas, la crema del género humano, al fin, era con lo que tocaba lidiar a los de su gremio en un país en el que el asesinato no se deja en manos privadas. Cuánto añoraba aquel caso que lo llevó a un pueblo del interior de la isla, en busca de un asesino tras el que la ley le dejaba correr porque ella había dejado de hacerlo, al dar el asunto por imposible. Caso cerrado, asesino suelto, víctima descatalogada: la única esperanza para un detective de hacer algo que se parezca a sus primeros sueños de la Academia.

Volvió a cerrar los ojos cuando sonaban los últimos compases del tercer movimiento, con la intención de recomponer mentalmente la imagen de los dos herederos que habían estampado su firma sobre un contrato que le permitiría seguir tirando unas semanas, en esos tiempos de crisis para el sector, no porque faltaran personas dispuestas a pagar por meter la nariz en vida ajena, sino porque habían florecido como champiñones los despachos de colegas de profesión.

Ella, María Elena Bravo, sobrepasaba los cincuenta con toda la dignidad que le permitía el arsenal cosmético de que a buen seguro disponía. De su rostro afilado brotaba una nariz aguileña que, intuía el detective, debía de haber recibido en su existencia mil maldiciones y reproches ante el espejo, injustos en verdad por no ser ella la única culpable de que su portadora no fuera mujer agraciada, pero es sabido que, como en tantos asuntos de la vida, en los de la fisionomía también pagan justos por pecadores. Muy orgullosa debía de sentirse en cambio, y con razón, de los hermosísimos ojos azules que hacían perdonar las estridencias de un rostro que, gracias a ellos, superaba la prueba de la primera impresión con un aprobado largo. Quizá por méritos de una naturaleza bondadosa, quizá por el esfuerzo de sesiones de pilates, privaciones alimentarias y otros subterfugios con que la gente de su clase logra en ocasiones domeñar los embates de los años, lo cierto es que su cuerpo se mantenía en un estado de gracia que le permitía llevar camisa y pantalón ceñidos con la elegancia propia de las marcas que llevaban estampadas las prendas y de unas líneas que la recorrían armoniosas de arriba abajo. De modales refinados y barniz de mujer culta, la hija del calavera era de esas personas que saben ser del Opus sin que se les note demasiado, aunque el olfato de García Gago le hacía pensar que, si no lo era, merodeaba por sus aledaños. El detective, en cualquier caso, había apreciado los esfuerzos de su cliente por resultar agradable, mantener en la reserva las ínfulas que sin duda desplegaba con sus empleados, ganarse su aprecio, señales todas ellas de que el asunto que le dejaba entre manos iba mucho más allá de la preocupación por que se le descarriara una oveja octogenaria o que un patatús se llevara a la madre por delante.

El hermano, en cambio, no había sabido cumplir con los requisitos que su clase le exigía, no por haber decidido desprenderse intencionadamente de los atributos con que cargan de por vida quienes en ella militan —en ese caso García Gago lo habría detectado de inmediato—, sino porque la rudeza de su naturaleza no estaba hecha para esas mieles. Eso le hizo sospechar al detective que se encontraba ante una de esas familias de acceso reciente al mundo de los ricos, cuyos miembros no gozan de la ventaja de generaciones de pulimento en el difícil arte de saber estar a la altura de las circunstancias.

Tan tosco en el porte como en la palabra, era José Miguel Bravo —Miguelito lo llamaba la hermana— mucho más transparente que ésta, más torpe a la hora de disfrazar las verdaderas razones que lo habían traído hasta el despacho del detective. La prominencia de su barriga delataba su renuncia a los símbolos sagrados de su gente, y la pizca de desprecio hacia él que García Gago creía haber detectado en María Elena hacía suponer que no era el preferido de la familia. Su presumible falta de discreción era un dato a tener en cuenta si, como a menudo ocurre en el oficio, fuera preciso indagar algún detalle que quien encarga el caso, paradójicamente, oculta a quien quiere que se lo resuelva.

No parecía necesario llegar tan lejos en el asunto que lo iba a mantener entretenido durante unos días, un par de semanas a lo sumo. Aunque la pareja se había mostrado reservada a la hora de suministrar información, la obtenida con sacacorchos sería suficiente para dar al traste, porque al fin y al cabo esa era la intención de los hermanos, con las veleidades amorosas en las postrimerías del padre. Don Miguel Bravo era un hombre de negocios bien anclado en la buena sociedad de Las Palmas de Gran Canaria, donde había llegado en su infancia de la mano de un padre carnicero y con el olfato suficiente como para, al abandonar este mundo, dejar en manos de su hijo —previamente licenciado en Económicas— una boyante industria de productos cárnicos nacida al calor de los años de hambre y estraperlo que siguieron a la Guerra Civil. Gente de bien, conservador hasta el tuétano, el abuelo Bravo entendió a la perfección que la entrada de un carnicero en el exiguo círculo de la alta sociedad isleña, a la que el pingüe capital reunido le daba derecho, exigía un peaje para el que se preparó concienzudamente: renovó el vestuario de su mujer y el propio en las mejores tiendas de la ciudad; se hizo asiduo de la misa de siete en la Catedral; matriculó a su hijo Miguel en los Jesuitas; hizo socio a toda la familia del Real Club Náutico; envió a su esposa a colocar banderitas en solapas ajenas en los días de cuestación; no desaprovechó oportunidad para declarar su inquebrantable adhesión al Movimiento Nacional; se abonó a un palco preferente en el Teatro Pérez Galdós para dejarse ver en los conciertos de la Orquesta Filarmónica —de la que se hizo socio benefactor— y otros eventos que concitaban a lo más granado de la sociedad; administró con éxito al hijo los correctivos necesarios para encauzarle por la senda de los buenos modales, aún sin trazar en su mapa genético; se rodeó del servicio adecuado a su villa de Ciudad Jardín y dedicó numerosas tardes a ociar en el Círculo Mercantil, al que acudía del brazo de su esposa embutida en un abrigo de visón tan llamativo como sofocante en aquellas latitudes, al volante de un Mercedes Benz escogido entre los últimos modelos llegados a los escaparates de los concesionarios.

Tanto ahínco puso en ello que en poco tiempo se convirtió en un personaje respetado entre los respetables, condición que no abandonaría ya en los años que duró su existencia y que afianzó con el matrimonio de su vástago con la hija de otro empresario acaudalado, en este caso y de ahí el mérito, con pedigrí acreditado.

Las lecciones impartidas por el padre no cayeron en saco roto y don Miguel se convirtió en su digno sucesor al frente de Cárnicas Canarias SL. Si bien adolecía de los conocimientos de su progenitor con relación al complejo proceso que lleva a vacas, corderos y cerdos del útero materno hasta el plato del consumidor —ni falta que le hacía, pues sobrada estaba la empresa de especialistas en tan delicada cuestión—, se destapó en cambio, ya de vuelta al hogar con su licenciatura bajo el brazo, como un excelente administrador del negocio, al que llevó a unas cotas de prosperidad que estremecieron de emoción al fundador de la casa. A esas alturas, el heredero se hallaba más que acomodado en la sociedad a la que tanto esfuerzo le había costado al padre acceder, gracias precisamente a los ímprobos esfuerzos de éste. Tan bien hizo las cosas que había convertido al hijo en un calco de sí mismo, mejorado en errores que su rudeza de carnicero le había hecho cometer, como el porte del abrigo de visón y otras nimiedades que don Miguel, criado en el difícil arte de las buenas maneras desde la cuna y con la ayuda de una esposa que se movía como pez en el agua en un mundo al que pertenecía desde un par de siglos atrás, había corregido con solvencia.

—Mucho ha trabajado mi padre a lo largo de su vida para que ahora venga una zorra de tres al cuarto a desplumarlo —se había animado a meter baza José Miguel ya en el zaguán, aprovechando el momento de la despedida para dejar sin opción de respuesta a García Gago.

Una nueva mirada de María Elena fulminó al hermano, y fue ella quien dio por cerrada la entrevista:

—Mire, nuestro padre ha sido toda su vida un hombre íntegro, un trabajador nato que siempre ha puesto por encima del dinero la virtud. Un hombre recto, generoso con sus empleados y fiel a su esposa. Él nos inculcó esos valores y esa es la mejor herencia que nos deja. Pero no podemos permitir que un lamentable arrebato de senilidad ponga en peligro el legado económico, sí, pero sobre todo moral, de toda una vida.

Hacía ya un buen rato que había enmudecido el aparato de música cuando el detective dio por cerrado su habitual repaso a las conversaciones con los clientes, nada más salir estos, frescos aún los detalles, las palabras, las inflexiones de la voz, las miradas, todo ello anotado en su libreta para eludir los estragos del paso de las horas por la memoria.

Tardó unos minutos en decidir si lo más adecuado para celebrar el estreno del nuevo caso era la botella de vino blanco que llevaba un par de días esperando en la nevera o algo más prosaico pero también más apropiado para la hora como una cerveza bien fría. Triunfó finalmente la cordura y el gemido de la lata de Tropical al verse destapada supuso el pistoletazo de salida para la caza de la chica malvada que se había atrevido a saltarse a la torera los sagrados principios, la alcurnia y la herencia de una familia de bien.

3

Se topó con la foto en la primera plana del periódico, mientras desayunaba en una terraza frente a la playa de Las Canteras. Nada más levantarse había seleccionado, para amenizar la tarea de borrar las huellas que las noches dejan en los rostros que sobrepasan los cuarenta, el Réquiem de Mozart. Y había dado en el clavo, porque se le tiñó de muerte el día, se le enlutó la mañana.

Levantó la vista de la primera página y la dejó pasear entre la orilla y el horizonte: aquí, unos niños cumplimentaban las primeras horas del domingo corriendo tras una pelota. Una pareja de ancianos contemplaba la espuma al desaparecer sobre la arena, pensando quizá en sus propias vidas. Un pastor alemán perseguía a su dueño, empeñado en tragarse la playa a zancadas enchufado a un MP3. Allá, en lontananza, el perfil oscuro de algunos barcos adornaba la línea que separa al mar del cielo. Todo normal, nada que señalar. Salvo que devolviera la mirada al periódico para reencontrarse con el rostro sonriente, hermoso, mestizo de Florencia del Potro, cuyas formas bamboleantes había seguido en los últimos días, en busca de una respuesta al misterio de semejante belleza atrapada entre los brazos de un octogenario.

Para animar a los paseantes del domingo a comprar el diario, los hacedores de la portada habían obtenido una foto en que la joven, casi adolescente dominicana aparecía radiante, quizá para hacer resaltar el titular: *Nuevo crimen en el Puerto*.

Había pasado un par de horas del día anterior, en el momento en que acostumbraba ella a salir, apostado frente al edificio en que vivía, en la calle Alfredo L. Jones, sin éxito. Por primera vez en la semana que llevaba siguiendo sus movimientos, Florencia no abandonaba su refugio en aquel inmueble sórdido al que se había aventurado García Gago a entrar para olfatear el medio en que se movía la muchachita que tan contento tenía a don Miguel Bravo, tan azorados a sus hijos. Si las paredes desconchadas de la entrada y los grafitis que adornaban el ascensor permitían presagiar que las reinas de esa colmena no eran de las que llevan coronas de brillantes, los rostros taciturnos que deambulaban por los pasillos confirmaban que aquel palacio estaba hecho para visitas breves. Subió hasta el último piso junto a una mujer que no le quitó la mirada de encima, sin ofrecerle sus servicios por respeto quizá, por miedo tal vez a la competencia que suponía iba a visitar.

Había bajado los diez pisos que lo separaban de la calle sin prisas, para empaparse de los detalles de ese submundo enclavado en la ciudad alegre y cosmopolita. Por alguna puerta entreabierta se pactaban transacciones, se regateaba el precio de la mercancía. Desde otras, cerradas, se elevaba alguna música destinada a disfrazar jadeos y gemidos, auténticos o simulados. En alguna de esas celdillas tenía Florencia sus aposentos, información que sin duda iba a tranquilizar a los herederos por ser señal de que la cosa entre papá y su zorrita no había pasado aún a mayores.

De lo sabido en esos días de persecución silenciosa les había dado cumplida información a sus clientes. La chica vivía en un edificio de la zona del puerto, aparentemente sola. Para dar con su escondrijo, había tenido que seguir en primer lugar a don Miguel, el único que lo podía guiar hasta ella. Los tranquilizó: en ningún momento su padre había puesto el pie en un lugar tan infame como impropio de su clase. Tras salir de su mansión de Ciudad Jardín sobre las once de la mañana, se subía en un taxi que, invariablemente, lo esperaba en la puerta misma. Él lo seguía en su viejo y fiel R5 —que, a pesar de las promesas que le tenía hechas desde aquel caso que lo llevara al interior de la isla, no se resignaba a jubilar— hasta llegar al Círculo Mercantil, donde pasaba una hora, probablemente entonando el cuerpo con algún que otro Chivas y buscando coartada ante cualquier intromisión familiar en sus asuntos amorosos.

Eran esos momentos de espera lo que José García Gago peor llevaba de su oficio. Por el tedio, sí, pero también por una mezcla de sensaciones, todas ellas a cual menos gratificante, una gama de ataques a su autoestima que iba desde sentirse reducido a esperar como un panoli a que un señorito acabara su copa, su partida de bridge o su conversación sobre el último grito en asuntos de evasión de impuestos; ver crecer en su interior, afortunadamente oculto a la mirada del transeúnte, la vergüenza de ser un cometa, un novelero, uno de esos seres despreciables, en definitiva, que encuentra en el fisgoneo en vidas ajenas los mayores placeres de su existencia; un mercenario —vendido al mejor postor o, peor aún, al primero que le pone un billete sobre la mesa— violador de intimidades, perseguidor de transgresores, asesino de pasiones, aderezado todo ello con la convicción de que la búsqueda de la justicia, si bien se le supone al defensor público de la ley, no tiene por qué estar, y de hecho casi nunca está, detrás de la acción del detective privado.

Con el agravante, en esos días de vigilancia al dueño de Cárnicas Canarias SL, de que ninguno de los bares de la zona ofreciera un puesto de observación con vistas a la puerta del Círculo Mercantil, y no poder echar mano de una cerveza que ayudara a pasar el mal trago. Afortunadamente, con la precisión de un reloj suizo abandonaba el lugar don Miguel a las doce y cuarto, para dirigirse, en un recorrido que no pasaba de los cinco minutos, a un edificio de la calle Cano. La sospecha de que alguno de los cuatro pisos de la casa albergaba el nido en que el pájaro se daba los últimos alegrones de una vida que el detective suponía intachablemente aburrida se vio confirmada el primer día: a la una y media volvía a salir el empresario, desparramando la vista a derecha e izquierda en señal inequívoca de mala conciencia. García Gago supo que no procedía seguir vigilando al octogenario, sino esperar a que bajara la entrometida en la paz familiar de los Bravo y que no tardara demasiado en hacerlo aunque, como mal menor, en ese lugar sí gozara de una barra de bar con cristalera desde donde la espera se hacía más llevadera.

Se dejó guiar por su olfato profesional: tenía que ser ella, la que apareció apenas media hora más tarde, el tiempo de desembarazarse de la baba que el viejo le debía de haber dejado pegada al cuerpo, pensó García Gago. No parecía sobrepasar en mucho la veintena la belleza que acababa de salir del edificio. De estatura media, se adivinaba debajo de una ropa de marca, salida sin duda de la cartera del empresario, un cuerpo hecho para cualquier cosa menos para estar entre las manos de su benefactor. Perfecta, balbució el detective mientras se asentaba en él un sentimiento de repulsión hacia el papá de sus clientes, a saber si por abusar de una cuasi adolescente necesitada de dinero, se suponía, o por pura y malsana envidia, como tarde o temprano le tocaría reconocer. Una piel mestizada resaltaba los rasgos de un rostro hermoso hasta la injusticia, auténtico desperdicio en la cama del vejestorio hacia quien crecía vertiginoso en García Gago un sentimiento de antipatía. Rechazó por repugnante la imagen de la cópula entre esos dos seres pertenecientes a galaxias distintas y se vio sorprendido, en un arrebato emocional impropio del profesional que era, al agradecer interiormente a sus clientes por haberle dado la oportunidad de deshacer aquel pacto contra natura que violaba todas las fronteras de lo admisible.

Repentinamente consciente de que algún residuo de moralina que no logró borrar en la batalla librada en su adolescencia contra la Santa Madre Iglesia le estaba jugando una mala pasada, se recompuso sentenciando que no era asunto suyo decidir si una muchachita, guapa o fea, hacía mejor ganando un sueldo mísero tras la barra de un Mac Donald o uno mucho más decente ofreciéndole a un ricachón adinerado las delicias de su cuerpo. Y, como correspondía, se concentró en el seguimiento de la mulata sin caer en la cuenta de que, obnubilado por las gracias con que la madre naturaleza le había obsequiado, no había contemplado la posibilidad de que prosiguiera en taxi su camino hasta el momento en que detuvo uno. Para su desgracia, no había colegas del taxista a la vista y se resignó a ver volar la pájara y buena parte de toda una mañana de trabajo.

Aunque —se consoló mientras esperaba un plato de esa ropa vieja que preparaba como nadie Cándido, el dueño y cocinero del Valbanera, su garito preferido cuando la sagrada hora del almuerzo le pillaba cerca de la ciudad vieja— algo había sacado en claro: Don Miguel se la pegaba a su santa esposa con un monumento a la beldad en un pisito de la calle Cano, en las siempre mejor camuflables horas de la mañana. La mujer no vivía por los alrededores, visto que tenía que tomar taxi para regresar a su casa, salvo que fuera a visitar a otro cliente. Porque, sin duda, don Miguel era para la mulata un cliente, única explicación posible a esa relación entre la bella y la bestia.

O no era un cliente, se hizo la pregunta García Gago y la descartó de inmediato, como hombre que había dejado, tiempo ha, de creer en los cuentos de hadas. Pero quedaba por averiguar si el empresario se tenía por tal, sabedor de que en el gremio las hay que saben sacarle más partido a un pardillo haciéndose pasar por amante antes que por puta; y porque había inferido de la conversación con sus clientes que aquello y no esto era lo que el padre tenía.

—De pulpo toca hoy —lo sacó una voz de sus disquisiciones.
—¿Cómo dices? —se sobresaltó el detective.
—Que la ropa vieja toca hoy de pulpo, ¿qué te parece?
—Insólito en un cuchitril como éste —se burló del cocinero, que respondió con ademán de llevarse el plato.
—Ni de coña, deja eso en la mesa. Nada me puede sorprender viniendo de un chef de tu talla —reclamó su pitanza por la vía de la adulación.
—Que sea la última vez. ¿Tinto o blanco?
—Hombre, me había hecho a la idea de un buen tinto, pero ahora que me has puesto el pulpo delante…
—Correcto, un blanco.
—¿Señorío de Agüimes?
—Se dijo. No podrías haber elegido mejor. A veces me sorprendes —le devolvió la jugada el patrón.

Siempre encontraba en ese tipo de local, a condición de que la comida estuviera a la altura de sus expectativas, el lugar idóneo para sustituir, a la hora del almuerzo, el hogar del que carecía. De dónde le salía esa atracción irresistible por los manteles de hule a cuadros azules y blancos, nunca lo supo, pero no era ése el único atractivo que lo llevaba con frecuencia al Valbanera. Cándido no era sólo un gran cocinero y un excelente conversador, amante de la novela negra, a la que había llegado al enterarse de que entre todas las literaturas, aquélla era la que más secretos gastronómicos guardaba; tenía además el inestimable principio, la enorme sensibilidad, súmmum del respeto a su clientela y a su oficio, de no permitir la entrada en el lugar al dios televisor.

Se llevó el detective la copa recién servida a los labios. Dejó ese primer sorbo juguetear por el paladar, dispuesto a sumirse en la tarea de recomponer la situación que se le había terminado enredando. ¿Esperaría a don Miguel a la salida de su casa o a la entrada de la de la calle Cano? ¿Serían diarias las citas con la mulatita o debería esperar otra semana para poder dar con ella? Detalle importante: si las citas eran diarias, se verían para algo más que pecar, porque no estaba el octogenario para trasiego diario. ¿O sí? Se le dibujó una sonrisa malévola en el rostro y pensó que si la Viagra era capaz de hacer ese tipo de milagros, estaba salvado.

Una inoportuna asociación de ideas lo sacó de sus cavilaciones para llevarlo al lecho de Margarita. Hacía días que no la veía, que ni siquiera la llamaba. Y aunque había quedado claro entre ellos que su relación era de amistad con derecho ocasional a roce, no se le escapaba que también esas plantas raras necesitan su riego, y no estaba la cosa para perder la única compañía femenina que además de cama le ofrecía conversación y otros remedios contra la soledad del espíritu, la peor de las soledades.

—Esta noche sin falta la llamo —murmuró, y dio por cerrado el paréntesis a sus reflexiones—. Pero antes, tengo que hablar con Martín.

Martín, el taxista salvador que lo había sacado de más de un apuro, era un aliado imprescindible en la ingrata labor de seguir los pasos de un peatón que de repente se sube a un coche. Había acordado con él, por el módico precio de cincuenta euros más lo que marcara el contador, el servicio de seguimiento motorizado, como solía llamarlo. Lo requería el detective cuando el pájaro perseguido amenazaba con echar a volar. Martín había adquirido una destreza especial en detenerse junto a él en el mismo momento en que el otro vehículo arrancaba. Y eso, visto lo que le había ocurrido horas antes con la amada de don Miguel, le iba a venir de perlas.

Como a la ropa vieja de pulpo le había sobrevivido media botella y la tarde no amenazaba con dar más de sí —porque no era cuestión de volver a Ciudad Jardín a comprobar cómo Míster Miguel Hyde había vuelto a ser el fiel esposo y perfecto cristiano don Miguel Jekyll, fantaseó García Gago— pidió un queso ahumado de El Hierro, a la plancha y con mojo de cilantro, una de esas exquisiteces de la nueva cocina canaria que al dueño del Valbanera le gustaba colar entre los guisos de toda la vida.

—Eso es un entrante, por Dios, no me jodas —espetó Cándido al detective.

—Tú tráelo para acá, que al final va a terminar todo en el mismo sitio. Cómo quieres que me acabe si no este vinito…

Ante la mirada resignada del chef, García Gago vació su botella, pagó y salió envuelto en esa especie de nube en que te instala un buen vino, esa coraza etérea que te aísla de los males del mundo, te transporta por las calles de una ciudad sin que la sientas ni padezcas. Con la satisfacción de dar por terminada la jornada antes de lo previsto, de haber resuelto el problema de la persecución de la mulata al día siguiente, y quizá guiado por la intuición que, como es sabido, no deja de trabajar por muchas copas que se lleve encima, tomó la decisión de rematar la faena con un cuba libre en el bar que tan magnífica vista le ofrecía sobre el piso de la calle Cano.

Andaba dándole vueltas a la ocurrencia de asociar a don Miguel con el Doctor Jekyll y Míster Hyde, mientras contemplaba las piedras de hielo que se derretían en el fondo de su vaso. Siempre había admirado al gran Stevenson por el magnífico retrato que hacía del ser humano en esa novela, que también a este caso retrataba admirablemente: ¿No era eso, al fin y al cabo, el empresario? ¿No transitaba en un mismo día de cabo a rabo por la condición humana, pasando de respetable, virtuoso señor a putañero personaje? ¿De defensor de los valores eternos a comprador de carne humana y fresca?

Quizá por el estímulo del alcohol, el caso estaba ganando en interés por los caminos colaterales a que le estaba llevando, y el asunto se merecía otra copa. Fue justo en el momento en que se disponía a pedirla cuando la vio, hermosa, bellísima, empujando suavemente el portal de entrada al edificio en que el de Cárnicas Canarias SL se convertía, al parecer más de una vez al día, en Míster Hyde.

Era ella. La misma que tenía ahora delante, retratada en la portada del diario del domingo, mientras desayunaba en una terraza frente a la playa de Las Canteras, enlutándole la mañana.

4

El inspector Márquez, puede que para airear la monumental resaca que llevaba puesta, puede que para desprenderse del rostro amoratado de la joven estrangulada, puede que para reflexionar, salió al diminuto balcón del piso en que vivía, aparentemente sola, la víctima. La vivienda ocupaba unos cincuenta metros, repartidos entre una sala de estar que debía de servir al mismo tiempo de comedor, una cocina en la que no cabían más de dos personas, un cuarto de baño que, de no haber tenido puerta, se podría haber cerrado con la de la cocina, y dos dormitorios: uno minúsculo, probablemente el que ocupaba la víctima, y otro algo mayor, dedicado en opinión del inspector a asuntos profesionales, porque ya había decidido, antes de llegar al escenario del crimen, a qué oficio se dedicaba la finada y no estaba dispuesto a cambiar de opinión a las primeras de cambio.

Era precisamente en la cama de ese dormitorio donde fue hallado el cadáver. «En plena faena», murmuró Manuel Márquez, accidente laboral. Desde el noveno piso en que se encontraba, dominaba la zona de la ciudad conocida como el Puerto que, de tanto proporcionarle trabajo, había terminado por conocer al dedillo, adoptar como un segundo hogar. Varios barcos esperaban turno, inmóviles en la bahía, para atracar en el puerto más meridional del país, soltar su mercancía, esparcir por los alrededores, en busca de alcohol y de mujeres, a una tripulación rusa, coreana, china o venida de cualquier confín del planeta.

Quizá, pensó, fuera en uno de los numerosos bares y pubs de la zona donde perdió la memoria la noche anterior, y sintió que hasta que no se abriera alguna ranura por donde se filtrase algo de luz no empezaría a ablandarse el pedrusco que tenía por cerebro. Pero su dilatada experiencia en los efectos colaterales de la borrachera lo eximió de dramatizar y lo animó a pensar que, después de todo, lo mejor era no recordar nada porque, a buen seguro, de ninguna heroicidad de la que sentirse orgulloso había sido protagonista en esas horas recién pasadas. No podía sin embargo alejar de su mente la idea de que posiblemente alguno de esos marineros soltados como perros de presa en los aledaños del puerto le hubiera hecho compañía en cualquiera de los sórdidos garitos en que se metía sin reparos después de la quinta o sexta copa, hubiera compartido una conversación en un inglés chapurreado con agravante de cogorza con quien ni se podía imaginar que era un inspector de policía, antes de rastrear las calles en busca de una puta para variar de las manualidades en alta mar, cuyos servicios pagó —a falta de dinero contante y sonante— por la expeditiva y menos onerosa vía de la estrangulación.

«Como otras tantas veces», masculló desde su observatorio mientras en el interior se afanaban sus subordinados en sacar fotos, recoger huellas dactilares, registrar cajones, revolver papeles, a la espera de que el juez se dignara a aparecer, proceder al levantamiento del cadáver y devolver a cada cual a sus ocupaciones. Salvo que, en esta ocasión, el asesino podría haberse tomado, antes del coito mortal, la arrancaílla con el encargado de llevarlo al talego.

Demasiada casualidad, pues ni sabía si había sido en esta ocasión los alrededores del puerto el escenario de sus hazañas, fantasías de borracho que había que abandonar de inmediato, porque lo que tocaba era cambiar ipso facto el chip de pendenciero por el de profesional de la ley y la justicia y afrontar la situación con el rigor que el caso merecía. Aunque, no hay bien que por mal no venga, sus desvaríos le habían puesto en la senda de una primera decisión: tenía que enviar a sus agentes a bordo de todos los barcos de tripulación extranjera atracados en los muelles de la ciudad, especialmente aquellos que se encontraban a punto de zarpar, y establecer un listado de los que ya lo hubieran hecho después del asesinato.

Pidió que fueran tomadas muestras del semen que pudiera permanecer en la vagina de la víctima, pensando que, dada su profesión, igual más que rastro de un único fluido aparecería una mezcolanza de la que sería imposible obtener nada en claro, pero con la sospecha de que, en caso de que fuera posible identificar el del último usuario, éste sería encontrado en alguno de los buques de la gloriosa marina mercante internacional fondeada en el puerto. Con una sonrisa imaginó a sus hombres poniendo a cientos de marineros a trabajar en cadena hasta lograr el fruto deseado, encantados unos, enfurecidos otros, anonadados todos con el trabajito extra que la policía española les encargaba a esas horas de la mañana; a sus subalternos bajando las escalerillas de los barcos portando los recipientes previamente marcados con los nombres del propietario del esperma y del navío correspondiente; a los analistas del laboratorio asombrados ante la cantidad de material fresco que le ponían delante en una mañana de sábado, con el desayuno aún sin digerir; a los encargados de comparar el resultado de la furia onanista desatada en el muelle con la muestra madre, custodiada celosamente para evitar el desastre de su confusión entre los cientos, quizá miles de botes esterilizados entre los que se esperaba encontrar al culpable; y, pero con la sonrisa ya más atenuada, el semblante repentinamente sombrío, la llamada de un responsable de laboratorio extenuado anunciando que ninguno de los marineros analizados era dueño de la simiente abandonada en el interior de la mujer de la calle Alfredo L. Jones.

Cuando iba dando por bueno este último y negro presagio, se dio cuenta de lo disparatado que podía resultar su propuesta al juez, cuyo visto bueno era ineludible para semejante medida, y de las risas que provocaría en medios judiciales y extrajudiciales tamaño disparate. Y sentenció que, gracias al cielo y, sin intención de hacer chiste fácil con asunto de tanto calado, al no estar ni la suerte ni el semen echados, lo prudente y lo aconsejable era la marcha atrás.

Ya en su despacho, confirmada por el forense la hora del deceso —dos de la madrugada—, pidió un café solo y bien cargado y un par de Alka Seltzer antes de enfrascarse en la lectura de los documentos recolectados por sus ayudantes durante la visita al piso recién precintado. Se dijo que quizá sería bueno volver allí, para empaparse del ambiente en que vivía Florencia del Potro, ciudadana de la República Dominicana, veintitrés años, soltera, según rezaba el documento de identidad que tenía delante, para buscar algún detalle, algún indicio de esos que pasan desapercibidos en la primera inspección, hecha siempre bajo el efecto de la impresión que produce la visión de un cadáver, y en su caso también de la resaca que unas horas de sueño —a saber cuántas— no habían logrado eliminar.

—Qué hermosura... —balbució mientras iba pasando las escasas fotografías halladas entre sus papeles. Las dispuso en fila horizontal sobre su mesa y las fue colocando y recolocando en busca de un orden cronológico, infructuosamente porque, salvo en una en que aparecía una niña, la pequeña Florencia quizá, cogida de las manos de una pareja, resultaba difícil de inferir cuáles habían sido tomadas antes y cuáles después. Optó entonces por separar las que la mostraban a ella sola de aquellas en que aparecía acompañada, y entre éstas tomó la de la niña sonriente junto a quienes bien podrían ser sus padres. No era la primera vez que, en tantos años codeándose con cadáveres, tenía ocasión de ver a uno de éstos retratado en su infancia, y si habitualmente le invadía un vago sentimiento de melancolía, reminiscencia de los tiempos en que aún anidaba en sus sueños una Humanidad a la que valía la pena pertenecer, se emocionó ante la niña que, sólo algunos años atrás, había sido la mujer estrangulada unas horas antes en un sórdido apartamento del Puerto.

Estrangulada y seguramente violada, le había adelantado el forense al comprobar que guardaba restos de semen:

—Si no hubiera habido violación, el tipo habría utilizado preservativo. Ninguna profesional, y menos en esta zona, permite que la penetren sin condón.

De dónde le venía el desasosiego, no lo sabía. Pudiera ser por la hermosura y la juventud de la víctima; por el rostro de felicidad en la foto que tenía entre los dedos; por pensar en los padres, ignorantes aún del destino que aguardaba a Florencia en esas islas en las que quizá imaginaban que había hallado trabajo y felicidad. Y sin embargo no, había algo más. Lo sabía. Regresó a su mente la escena imaginada en el balcón: él, acodado a la barra de cualquier lúgubre bar, otro espantajo de la noche sentado a su lado, vomitando ambos conversaciones estúpidas, el marinero tambaleándose hacia la salida en busca de hembra, el encuentro entre ésta y la muerte.

Tenía que hacer memoria para deshacerse de esa intuición imposible y machacona, pero hasta que el Alka Seltzer no hiciera su efecto, no valía la pena intentarlo; o hasta que recuperara con unas horas de sueño el estado de forma habitual.

Tomó otra foto. A su lado aparecía, rodeándole el hombro con su brazo, un hombre algo mayor que ella. Bien parecido, ocultos los ojos tras unas gafas de sol, patillas. La escrutó durante un buen rato. No había manera de adivinar si el mar que aparecía detrás de ellos bañaba las costas de éste o del otro lado de Atlántico. ¿El chulo? Bien podría ser, pinta y edad tenía para ello, pero no lo podía asegurar.

En las demás fotografías aparecía Florencia sola. Quien había estado frente a la cámara se había esforzado en buscarle la posición más sexy, como si su destino fuera un catálogo de bellezas en venta. Pero sin estridencias, un catálogo para gente refinada. Es decir, rica. Aunque eso eran sólo cavilaciones sin ton ni son, admitió cuando lo interrumpió el timbre del teléfono:

—Violada, como te dije —sonó la voz del forense.

—Vaya…

—Era de esperar. La sujetaron con fuerza por los brazos, la empujaron sobre la cama, le taparon la cara para acallar sus gritos. La estrangularon una vez consumada la violación.

—¿Cómo van los análisis?

—Están trabajando a tope, hasta ahora no hay novedad. Buscamos restos de ADN para compararlo con el del semen, trabajamos en las huellas dactilares, a ver si con todas estas piezas sueltas componemos algún rompecabezas. Pero, sin intención de desanimarte, la cosa no está nada fácil.

Una sensación de náusea le recorrió el estómago, el esófago, se le asomó a la garganta. Eran las cuatro de la tarde y no había comido nada desde que la llamada del fenómeno Jiménez lo arrancó a sus malos sueños. Bajó a la cafetería para calmar con algún bocado los embates del hambre y de unas tripas revueltas por una noche de alcohol. Pensó que una cerveza fría ayudaría a recomponer el equilibrio roto por litros de whisky, y sólo con hacerlo sintió que se le aliviaba el alboroto que llevaba dentro. La iba a necesitar, porque había decidido regresar, nada más acabar el tentempié, a la casa de Florencia del Potro, en el noveno piso de un edificio de la calle Alfredo L. Jones.

5

Lo primero que hizo José García Gago al conocer la muerte de Florencia del Potro fue telefonear a sus clientes, exigirles un encuentro inmediato.

—Estamos tan sorprendidos como usted —respondió María Elena—. No salimos de nuestro asombro, no era éste en absoluto el final que deseábamos. Pero hoy no vamos a poder vernos, ya sabe, los domingos son días para la familia y ya teníamos previsto reunirnos todos a comer en un restaurante.

—No sé si me ha entendido bien: no le estoy pidiendo una cita, les estoy exigiendo que nos veamos inmediatamente. Ni mañana ni pasado, ni siquiera esta tarde. In-me-dia-ta-men-te —el tono del detective no daba pie a la confusión: lanzaba una orden a quien estaba acostumbrada a darlas, nunca a recibirlas.

—El que no me está entendiendo es usted. Si esa chica se ha metido en líos, allá ella. Nosotros no tenemos nada que ver con eso y, si quiere que le diga la verdad, un buen peso nos quitamos de encima. Si hubiera llevado una vida honesta, otro gallo le habría cantado. Así que mañana nos pasamos por su despacho a la hora que disponga, le pagamos sus honorarios y asunto concluido. Y ahora, si no le importa, lo tengo que dejar porque me estoy preparando para salir.

—Si ustedes tienen o no algo que ver con este asesinato —eligió García Gago el tono y las palabras adecuadas al momento— es algo que tendrá que decidir la policía.

—¿Cómo? ¿Me está amenazando? ¿Quiere decir que…?

—Quiero decir que, a estas alturas del partido, no se retira ni Dios del campo. Porque en la semana que llevo detrás de su padre y de esa pobre chica, he sabido suficientes cosas como para pensar que ustedes tenían más de una razón para quitársela de encima. Conque ustedes verán, o me convencen a mí ahora mismo de lo contrario, o convencen a la policía. Porque no pretenderá usted, como buena cristiana que sin duda es —se despachó a gusto el detective—, que yo posea datos que puedan ayudar a resolver ese crimen y me los guarde para mí.

—Dios es el encargado de juzgar nuestros actos —se defendió la hija del empresario, torpe, como gata panza arriba.

—¿Y si lo de Dios es un bulo, todo mentira, y si resulta que no hay juicio final y el que no la paga en vida escapa?

—…

—¿Se ha enterado su padre? —concedió una tregua el detective.

—Supongo que no. No suele leer los diarios los fines de semana. Vamos a intentar ahorrarle el disgusto hoy, mañana ya veremos.

—Espero que los padres de la chica tarden también unas horitas en enterarse, no vaya a ser que se les agüe el domingo —no supo evitar volver a las andadas.

—¿A qué hora y dónde nos vemos? —dio por perdida la batalla María Elena—. Deme tiempo para dejarles todo preparado a mis padres y avisar a mi hermano.

—A las dos almorzamos en la terraza del restaurante La Marina. Ustedes pagan, tómelo como parte de los gastos de un caso que se está enredando más de lo previsto —dio por zanjada la conversación.

Volvió a observar la foto de Florencia en la portada del diario. Hacía tiempo que había dejado de creer en los Reyes Magos, en la ilusión de todos los días, en el vuelve a casa por Navidad. La vida era para él un combate entre víctimas y verdugos, peleado en un gigantesco estadio llamado Tierra, contemplado por cientos de millones de espectadores que, hasta nueva orden, preferían ese papel al de saltar a la arena. No figuraba pues, entre sus expectativas, la de un futuro mejor, menos aún la de esa era —anunciada en algún que otro rincón del planeta— dirigida por lo más granado de la Humanidad, hombres elegidos por el destino entre los mejores para reconducir al resto de los mortales por un camino más apacible. Pero jamás había renunciado a sus ideas, forjadas en la dura lucha para borrar las huellas dejadas por un padre autoritario, un Dios con el que no quería cuentas, una escuela en que los reglazos sobre la palma de la mano volaban como moscas, una sociedad cuyas iniquidades y falsos principios detestaba; y si bien ya no le servían para alimentar esperanza alguna, sí le eran útiles en cambio para separar lo bueno de lo malo, distinguir el acto repulsivo del encomiable, diferenciar el gobernante bazofia del más o menos respetable; también para no dejarse atraer por los cantos de sirena de ningún Mesías.

Útiles, lo fueron sus ideas para hacerse una opinión sobre lo que se traía entre manos, ahora que Florencia había sido asesinada y se había convertido definitivamente en víctima. La primera repulsión que sintió hacia el viejo verde, esa misma que intentó disimular bajo la alfombra de los principios profesionales, volvía a renacer con el valor añadido del arrepentimiento, de la cara de estúpido que se dibuja en quien se ve salpicado por una mierda que creía haber puesto a buen recaudo. Y como era de esperar —lo admitía sin intención de hacer ningún esfuerzo para evitarlo—, los platos rotos los iban a pagar los burguesitos que, arropados por su moral de pacotilla, le habían vendido el cuento de la familia de virtud amenazada por una fulana del tres al cuarto. Esos mismos que, lo veía venir, le tenían preparado para el almuerzo una batería de ditirambos y lisonjas y quizá una de esas ofertas de soborno que tan bien saben los de su clase disfrazar de muestra de gratitud por el trabajo bien hecho.

Todos estos pensamientos le iban carcomiendo la serenidad con que había entrado en la espléndida mañana de domingo, así que, con la mirada de nuevo lanzada al infinito, prefirió olvidar la llamada telefónica para seguir restableciendo el orden de los acontecimientos de una semana que se cerraba con una nueva crónica de sucesos condenada al cometerío del barrio primero, al olvido inmediato después.

La playa se iba llenando de paseantes, bañistas y aspirantes a medio-fondista. Sobre el cielo se iba recortando, desde la isla vecina y a medida que el sol ganaba altura, la silueta imponente del Teide. Envidió un poco la paz en que todos a su alrededor parecían encarar el último día de la semana, antes de volver al pan nuestro de cada día.

Tenía que llamar a Margarita…

La estrategia de contar con Martín, taxista y cómplice, había dado resultado. Pero no hubo de esperar al día siguiente para que la dominicana lo llevara hasta su escondrijo. Desde su barra-observatorio de la calle Cano llamó al chófer ocasional y le pidió que viniera de inmediato. Cuando Florencia apareció en el portal, ya llevaba el conductor media hora apostado en lugar seguro, con instrucciones precisas. García Gago inició el seguimiento, que lo llevó hasta San Bernardo, donde la mulata se subió a un taxi. Ahí estaba Martín a su lado, especialista en el arte de la oportunidad.

—Siga a ese coche… —bromeó el detective.

Bien fuera por el vaho despedido, bien por las sospechosas inflexiones de la voz, no le pasó desapercibido al taxista que el otro iba cargado:

—Qué suerte tienen algunos, que pueden trabajar con copas —ironizó.

—Un momento, oiga, que yo estaba librando cuando se me apareció la susodicha.

—Librando 1, Las Palmas 2. A mí no me la pegas, compañero.

—Mira, Martín, no te me despistes que hoy se me ha aparecido la Virgen y no quiero que se me escape la ocasión.

—Virgen nooo... Esa morena tiene de virgen lo que yo de Ronaldinho. A ver, ¿en qué fregado andas metido?

—Secreto profesional, compañero.

—¿Secreto profesional? ¿A que se me baja del coche? Aquí no formamos equipo sólo para lo que le conviene al señorito, así que o desembuchas o me paro aquí mismo.

—Está bien, hombre, que enseguida te apuntas a bruto. ¿Quién puede pedirme que vigile a un monumento como ése? — conocía el detective la afición del taxista a la adivinanza.

—Hombre, si Dios me hubiera gratificado con una hembra de ese calibre, le ponía un sabueso detrás fijo.

—Esas mujeres no están hechas ni para ti ni para mí, y Dios lo sabe. Así que búscate otra respuesta.

En su lenta persecución al taxi en que viajaba Florencia del Potro, el coche se introdujo en las calles del Puerto.

—Un viejo. Se la está beneficiando un viejo —sorprendió Martín al detective.

—¿Y tú cómo coño sabes eso?

—Joder, José, si está más claro que el agua. La recogemos en una zona infestada de ricachones prehistóricos y la soltamos en el barrio más querido de las putas. ¡Hay que ser un tolete para no darse cuenta de que esa tía le está sacando las perras a un pureta al que tiene enchochao! —el taxi se detuvo unos metros después del otro, y la mulata metió la llave en el portal del número 25 de la calle Alfredo L. Jones.

—Correcto. Eres un artista. No te me pierdas mucho, te voy a necesitar estos días —bajó del coche García Gago.

Fue entonces cuando, tras pulsar un timbre al azar, alguien le abrió las puertas del cielo en que se refocilaban solterones empedernidos, casados aburridos, viudos en busca del tiempo perdido, borrachos de toda clase y condición, adolescentes en periodo de iniciación, marineros en parada técnica, putañeros varios en fin que pululaban por la vida diurna y nocturna de la ciudad. Como era de esperar, en ese reino del anonimato nadie estaba dispuesto a delatarse poniendo su nombre en el buzón. Al salir del edificio que había recorrido lentamente de arriba abajo, García Gago sintió que cruzaba una frontera, la misma que miles de personas traspasan cada día, en ese y en tantos otros edificios de las ciudades del mundo. Una frontera que no es sólo la que delimita el territorio entre una casa y una calle, sino que está sobre todo en sus propias vidas, que separa el espacio de la vida pública, compartida por esposa, hijos, amigos y compañeros de trabajo, de la otra, la que se arrastra a solas durante toda la existencia. Y supo que, para sacar adelante el caso del adinerado empresario don Miguel Bravo, necesitaba establecer con exactitud por dónde pasaba esa frontera en su vida.

Por eso tomó la decisión de dedicarle una atención especial al viejo durante todo el día siguiente, apostarse ante su casa desde primeras horas de la mañana, por si la salida de las once no fuera la primera, y no apartarse de su sombra hasta estar seguro de que regresaba al lecho conyugal, junto a su amada y enferma esposa. Dicho de otro modo: le esperaba otro típico jodido día de detective privado, ese espécimen de poli que no tiene la suerte de contar con subordinados que apostar en los puestos de vigilancia mientras el jefe se dedica, con un café o una cerveza al alcance de la mano, a la ingrata tarea de pensar.

Pero la jornada no había tocado a su fin, decidió. Claro que lo más fácil habría sido darse por satisfecho con el resultado del día; regresar a casa, redactar un informe con la dirección de la chica, el itinerario del padre, el lugar de encuentro; llamar a Margarita, preparar una buena cena para dos, rematarla con un par de cubatas, pasar con ella la noche. Y quizá así habría sucedido todo de no haber regresado ella por la tarde al piso que parecía reservado exclusivamente a sus citas con el empresario. ¿Qué iba a hacer allá si no era para encontrarse con él? Les debía a sus clientes la información más detallada posible, y tras esa aparición inesperada, sospechaba, se escondía algo más que un simple encuentro sexual. Algo que le permitía a ella entrar y salir de esa casa con la familiaridad que sólo se tiene en un hogar compartido. O alguna otra cosa, pero algo más, en cualquier caso. Algo que le exigía permanecer ahí, frente al número 25 de Alfredo L. Jones.

No había bar en el que parapetarse, hacer más llevadera la espera. Ni falta que hacía. El detective estaba excitado, como ocurría cuando la intuición se le ponía a trabajar por su cuenta. Necesitaba tener alertas todos los sentidos, no dejar escapar detalle.

Llevaba media hora en su puesto cuando entró un hombre en el edificio. Abrió con su propia llave, sin apretar el botón del interfono. Unos minutos más tarde se abrió de nuevo la puerta. Salió un hombre con el cuello embuchado entre los hombros, cabizbajo y veloz, apestando a pecado. Y otro más, al cabo de un momento.

A las siete y cuarto, hora y media después de su llegada, salió ella al fin, y supo que la espera había valido la pena. Iba acompañada de un hombre, que bien podía ser el que había visto entrar con su llave. Pero no lo podía asegurar, su cuerpo ocultaba el de él. Se las apañó para adelantarlos, girar en una esquina y regresar para tenerlos de frente. Sí, era él. Un hombre apuesto, fornido, que andaba sobre el metro ochenta. Patillas finas y alargadas, poco más de treinta años, calculó. Hablaban animadamente, ambos con semblante serio. No había pelea, tampoco chistes. No le dio a García Gago tiempo para más y no era cuestión de volver a hacer el numerito del adelantamiento, porque poco más iba a sacar en claro y la prudencia era una de las máximas del oficio que sí respetaba. Riesgos, los necesarios, pero sólo después de medir las ventajas que pudieran reportar.

Decidió regresar a casa, recorrer a pie los veinte minutos que lo separaban del hogar, mantener sus planes con Margarita. Recordó el comentario de Martín, lo pronto que había adivinado de qué iba el asunto. Y cayó en la cuenta de que los hermanos Bravo nada le habían desvelado sobre el origen de sus sospechas, ni él, más que pardillo, tampoco había preguntado. ¿Cómo sabían que el padre tenía amante, que era joven, que amenazaba la paz y el patrimonio familiar? ¿Los habían seguido ellos? ¿Estaban al corriente de dónde vivía ella y se lo habían ocultado? ¿Llevaba trabajando dos días en busca de una información que ya tenían? Sacó el móvil y marcó el número de María Elena Bravo, para aplacar la ira que las dudas le iban despertando. Dejó un mensaje en el buzón de voz, pidió respuesta urgente, colgó. Y para cambiar de tercio, llamó a Margarita. De nuevo, buzón de voz. Nuevo mensaje. Lo que faltaba. Sintió un pellizco en el corazón y rehusó achacarlo a unos celos que no le correspondía sentir. Se sentó en una terraza cercana a su casa y pidió una cerveza. Sabía que no cabía esperar llamada alguna. Ni de María Elena, y eso le importaba un bledo, ni de Margarita. Y eso sí que dolía, porque si esa noche había contado con ella, es que la necesitaba.

Eso había dado de sí ese pasado martes, cuando aún Florencia vivía, guardaba en secreto sus sueños de mujer joven y hermosa, postergados hasta tiempos mejores que ya no llegarían, recordaba García Gago con el periódico bajo el brazo, bordeando la playa de las Canteras. Había bajado hasta la orilla para recorrer el trecho que lo separaba del restaurante donde ya debían de estar María Elena y Miguelito Bravo. Que esperaran, una pizca de humillación le allanaría el terreno, les haría ver que les habían arrebatado la batuta en la dirección de ese concierto. De ese réquiem. Ahí, pisando la arena, jugando a que el agua no alcanzara sus zapatos, se sentía bien, atado por un hilo finísimo a la playa de su niñez. A su infancia. ¿Era él aquel pequeño que corría y se bañaba y se reía y se arrebujaba contra su madre para recuperar el calor tras el baño, envuelto en una toalla? ¿Eran la misma persona el detective que ahora recorría la playa y ese adolescente perdido en el tiempo que sobre esa misma arena había experimentado los primeros temblores del cuerpo, aprendido a besar, resuelto los grandes problemas del mundo junto a su tribu entonces llamada pandilla? Sí, los conocía a todos ellos, al niño, al adolescente y también al joven rebelde que quiso ser músico, escritor, filósofo, antes de perder sus sueños en una academia para amaestrar a sabuesos. Los conocía pero no eran él, ya no. Eran otros, perdidos en la lejanía, allá en el confín de su vida, como los barquitos que seguían yendo y viniendo en el horizonte, haciendo equilibrios sobre la línea del cielo sin que nadie reparara en ellos ni supiera distinguir cuántas vidas, cuántos sueños transportaban en su viaje.

Pensó mientras caminaba en Margarita. Nada había vuelto a saber de ella desde la noche del martes en que esperó, cerveza a cerveza, la llamada que no llegó. Un poco por orgullo, un poco por respetar el territorio que de común acuerdo habían acotado, tampoco él llamo. Pero con la noticia del asesinato, para recorrer las horas de melancolía, iba a necesitar su consuelo y su consejo.

—Esta noche llamaré a Margarita…

Incorporado a la avenida, sus pensamientos regresaron a la

cita. Ya tenía al alcance de la vista La Marina, donde se aprestaba a desperdiciar las mejores horas del domingo con los buitres que se habían lanzado sobre Florencia del Potro. Gajes ineludibles del oficio. Porque tenía muchas preguntas que hacer, muchas dudas por aclarar.

Ellos pagaban. Así que el arroz negro con bogavante que su bolsillo no se podía permitir le iba a saber, además de a gloria, a dulce venganza.

6

—Tiene usted un gran apetito —no pudo reprimir Miguelito al cotejar el nombre del plato comandado y el precio anunciado en la carta.

—Sí, pero yo lo disimulo —fue dejando las cosas en su sitio desde el principio García Gago, dispuesto a sacar tajada hasta el último milímetro de su ventaja.

No estaba María Elena dispuesta a que nadie, por muy hermano que fuera, chafara sus planes:

—Tienes dos opciones, Miguel: o comportarte como lo que se supone que debes ser, un caballero, o hacerlo como lo que eres, un chaflameja. Si quieres parecer lo que no eres, te quedas aquí y te callas. Pero si te empeñas en demostrar lo que eres, mejor te largas y nos dejas tranquilos al señor García Gago y a mí.

Si lo que pretendía la buena señora era impresionar al detective, lo logró. Dejó callado para el resto del almuerzo al hermano y de paso abrió las puertas a una conversación franca, sin tapujos.

—Dígame qué desea saber, don José —fue al grano.

Lo que quería saber García Gago era algo que no le iban a decir, pero optó por lanzar la pregunta para calibrar la reacción de ambos:

—¿Tienen ustedes algo que ver con la muerte de Florencia del Potro? ¿Se han enterado por la prensa o ya sabían algo?

El chaflameja se revolvió sobre su asiento en silencio, tal como le había ordenado María Elena. Ella, en cambio, recibió impertérrita una pregunta que, le pareció al detective, esperaba:

—Por el periódico no, por usted. Nunca la habíamos visto, no sabíamos su nombre. Jamás la habríamos reconocido. Creo que lo que debemos hacer es hablar claro. Si nos hemos dirigido a usted para resolver este asunto, es porque estábamos convencidos de que la relación de esa mujer con nuestro padre sólo perseguía un fin: sacarle todo el dinero que pudiera. Ni usted ni yo creemos en las princesitas, ¿verdad? Y también sabemos que una chica joven y bonita puede manejar como un monigote a un hombre de la edad de mi padre. Nuestra intención era saber cuanto más mejor sobre el asunto para ponerlo en manos de la policía y denunciarla, porque no estábamos dispuestos a permitir que lo que nos corresponde a éste y a mí —arqueó las cejas en dirección a Miguelito— se lo llevara una cualquiera. Pero eso es una cosa y matarla es otra. No necesitábamos hacerlo. En absoluto. No necesitábamos manchar de sangre ni nuestras manos ni nuestras conciencias. Menos aún nuestra reputación. En cuanto nos hubiera pasado usted el informe, sabríamos a quién acudir para zanjar esta cuestión.

—Lo que usted dice tiene mucha lógica, lo reconozco —intervino García Gago—. Pero debe entender que ha habido un crimen, que han matado a una persona, y que debe haber una investigación para detener al culpable.

—No queremos saber nada más de este asunto. Mañana hablaremos con mi padre, le contaremos lo sucedido, le enseñaremos su informe. Se le caerá la cara de vergüenza al saber que estábamos al tanto de todo, se le caerá el alma a los pies al enterarse de lo de la niña. Pero todo se habrá acabado, felizmente. Y que la policía investigue todo lo que quiera, sin molestarnos, porque nosotros no tenemos nada que ver con eso.

—Nadie puede impedir que la policía llame a su puerta.

—Usted sí. Es el único en estar al tanto de la identidad de esa mujer.

—Me aseguró usted el otro día que un amigo de don Miguel era quien les había alertado.

—Porque mi padre le había hablado de ello. Pero nunca la vio, ni sabía su nombre.

La llegada del camarero puso en bandeja la tregua que el detective necesitaba para preparar la respuesta a la inevitable oferta de María Elena. Estaba claro que quería comprar su silencio, que lo olvidara todo. Quizá fuera cierto que la muerte de Florencia nada tuviera que ver con su paso por la cama del octogenario. Había muerto en su casa, su lugar de trabajo habitual, por donde nunca, le constaba, pasaba don Miguel. No era la primera prostituta en morir a manos de un cliente. El periódico hablaba de estrangulamiento. También del puerto, de marineros, como siempre en esos casos. Pero no podía estar seguro de ello. Podrían haber ido, o haber mandado a alguien, a negociar con ella, a poner precio a la ruptura con el padre. Podría ella haberse negado. Podría haberle costado la vida.

Si se dejaba llevar por el instinto, se levantaba nada más escuchar la propuesta de soborno —nunca antes de dar cuenta del arroz negro con bogavante, decidió—, soltaba alguna de esas frases que dejan a salvo la dignidad y desaparecía del lugar. Pero no era lo que más convenía. Si los Bravo no tenían nada que ver con el crimen, el asunto dejaba de ser suyo. Que la policía se buscara la vida. Pero si estaban implicados, sólo él estaría en condiciones de saberlo, y no estaba dispuesto a consentir que su dinero los dejara limpios de culpas. Si los dejaba plantados, se rompía el hilo que lo unía aún al caso. Pero no podía aceptar el trueque de silencio por dinero, había que buscar una tercera vía, ganar tiempo.

—¿Qué pretende? —preguntó García Gago, ya mediados los platos.

—Que dé por cerrado el caso, que se desentienda de él, que se imagine que nunca fuimos a visitarle.

—Mucha imaginación me pide usted. No sé si me dará para tanto.

—Le ayudaremos. Sumaremos a su minuta una buena cantidad. Su trabajo bien lo merece.

—Y mi silencio también.

—También.

—¿Y si les digo que no?

—Pues nada, nos despedimos y santas pascuas. Usted se lo pierde. Puede que vaya a la policía con el chisme, y que ésta nos dé la lata, que interroguen a mi padre, que mi madre se entere de todo, que sus nombres salgan en los periódicos. En fin, un lío, un desastre. Y al final, para nada, porque enseguida sabrán que nosotros no teníamos nada que ver con todo esto. Pero ya el daño estará hecho, y los últimos años de mis padres serán un infierno. No es su silencio lo que queremos comprar, señor García Gago, es la tranquilidad de ellos. La paz para el final de sus vidas.

Parecía sincera. Le daba, además, la oportunidad de salvar las apariencias, disfrazar el soborno de obra de caridad. Podía jugar sus cartas sin demasiados riesgos:

—No estoy acostumbrado a esto. No es mi estilo. Llegué aquí con la intención de seguir adelante, les gustara o no. Pero creo que es usted sincera, y si le podemos evitar el disgusto a su madre, habrá que hacerlo. No le voy a dar una respuesta ahora. Tengo que consultarlo con la almohada —mintió—. Déjeme un par de días, yo la llamaré.

La conversación tomó nuevos rumbos, como el de la meteorología y otras nimiedades mientras García Gago saboreaba un ron Zapaca —23 años, le había insistido al camarero—, con que ponía la guinda al arroz, al bogavante y a la cuenta que se disponía a pagar María Elena. A esas alturas del mes de noviembre, con el verano empeñado en prolongarse, la playa seguía animada, la avenida bulliciosa, el sol omnipresente. Un día espléndido que invitaba al optimismo —elevó la mirada hacia el Teide, ya difuminado por la bruma, más misterioso, más hermoso. Fue entonces cuando lo vio, sentado unas mesas más allá, y desvió la mirada de inmediato, porque no debía saber que no era para él un desconocido. No debía saber que ya lo había visto, unos días antes, entrando primero en el edificio de la calle Alfredo L. Jones, saliendo después de él junto a Florencia del Potro. Se levantó para ir al servicio, convencido de que su presencia en la terraza de La Marina no podía ser casual. Que a alguien había seguido para llegar hasta allí. A él, quizá. O a los hermanos Bravo. Y supo que el caso de Florencia del Potro y Miguel Bravo, que tanta prisa se daba María Elena en cerrar, resucitaba para llevarlo por un derrotero nuevo. Nuevo y peligroso. Un camino del que ya no había modo de desviarse.

Antes de regresar, se parapetó tras las cortinas de los ventanales que daban a la terraza, para ver sin ser visto. Ahí seguía el hombre de las patillas finas y largas, llevando la mirada desde la puerta del local hasta la mesa vigilada. No hacía ningún esfuerzo por disimular su presencia: sabe que es un desconocido para los tres, pensó García Gago. Mejor dicho, lo piensa, y hay que sacar ventaja del matiz. ¿A quién vendría siguiendo? A los hermanos Bravo, sin duda. No podía saber quién era él. ¿O sí? Muchas preguntas, muchas incógnitas. Demasiadas. Parecía prolongarse el caso del empresario y su muchachita más allá de la muerte de Florencia. Nada de punto final, como pretendía la hija. Esto no hace sino empezar, intuyó el detective, dirigiéndose a la mesa donde el camarero recogía la Visa Oro tendida por Miguelito. Encima de cabrón, apaleado, sonrió el invitado.

Seguro de que el hombre estaba esperando a los hermanos, se despidió, con la intención de volver sobre sus pasos y perseguir discretamente al perseguidor:

—Lo dicho. En un par de días la llamo. Muchas gracias por el almuerzo —se volvió hacia Miguelito—. Ese arroz negro con bogavante estaba de escándalo. Se lo recomiendo para la próxima vez.

No había recorrido cincuenta metros cuando encontró en un kiosco de periódicos la oportunidad de una parada. Fue suficiente una mirada por encima de la revista que simulaba ojear para percatarse de que era él el seguido. Los hermanos habían tomado el camino opuesto y el hombre de las patillas se acercaba, sin preocuparse por disimular su presencia. García Gago siguió en su puesto, el otro lo sobrepasó. Debía comprobar que realmente lo seguía. Retomó su camino y lo vio sentado sobre el pequeño muro que separa la avenida de la playa, contemplando —como tantos otros— el ir y venir de la fauna que la recorre desde primeras horas de la mañana. Ni hablar de cazador cazado. El único cazador seguía siendo el acompañante de Florencia, y él su presa. Pasó delante de él. No había que mirar atrás, no debía el de las patillas sospechar que se sabía seguido. No era tampoco necesario, nada había que comprobar: no le cabía duda de que ahí estaba, unos metros por detrás, o pegado a sus talones. ¿Hasta cuándo lo seguiría? ¿Con qué intención? Mientras estuviera entre el gentío de la avenida, no había problema, pero se lo tenía que quitar de encima cuanto antes. Sacó el móvil del bolsillo, hizo una llamada. Y cuando un cuarto de hora más tarde giró a la izquierda para tomar Luis Morote, ahí estaba, como convenido, Martín. Alzó la mano para fingir el encuentro casual entre un taxista y un cliente, y se metió en el coche con una mezcla de alivio y desasosiego, en un estado de excitación que pedía a gritos una oreja incondicional.

De que aquel encargo lo estaba sacando de la rutina habitual se había dado cuenta unos días antes. El miércoles había llamado nada más despertarse a María Elena, para zafarse de la pregunta que lo asaltó la noche anterior, tras descubrir el escondrijo de Florencia:

—¿Cómo supo usted que su padre tiene una amante? ¿Saben quién es, dónde vive?

—Si así fuera, no habríamos contratado sus servicios, señor García Gago. Nos enteramos por un amigo de mi padre, íntimo de la familia, a quien le contó el secreto. Ya conoce a los hombres: ese tipo de hazañas no valen ni la mitad si no se cuentan. Al amigo le olió a chamusquina y, después de pensárselo dos veces, me lo contó, exigiéndome discreción.

—No me dijo nada...

—No me lo preguntó. Y pensé que si usted, que es quien entiende de esto, no hacía la pregunta, es que no tenía importancia —dejó callado al detective.

—¿Llevan tiempo juntos? —intentó García Gago sortear los efectos del patinazo.

—Hace un mes que se lo contó al amigo. Él nos lo dijo tres días antes de visitarle a usted.

—No perdieron el tiempo...

—No había tiempo que perder.

El resto del día había dado poco de sí. Esperó a don Miguel en la puerta de su casa, lo siguió en el recorrido que debía ser habitual, lo acompañó en esta ocasión al Círculo Mercantil, comprobó que efectivamente era Chivas y conversación lo que retenía al empresario en el club. Se había sentado con alguien de su edad y, según todas las apariencias, también de su clase. Durante tres cuartos de hora estuvieron departiendo, en una conversación sin risas, de apariencia grave.

Observó al acompañante, intentando retener sus facciones: podría ser el amigo chivato. Cuando don Miguel se despidió, el detective no se dio prisa en salir, ya sabía adónde se dirigía el caballero.

La espera tras el escaparate del bar-observatorio, en la calle Cano, fue más larga que el día anterior: al parecer el viejito andaba cachondo esa mañana. O se había quedado dormido en brazos de su muñeca. No fue esa la única novedad: en esta ocasión ella salió en primer lugar, y García Gago decidió no seguirla, esperar al empresario. Intuición femenina, masculló. Al cabo de una hora, seguía sin aparecer. Una anciana que tiraba de un carrito de la compra se detuvo delante del portal, se puso a buscar las llaves en el bolso. No desperdició el detective la ocasión, se precipitó al exterior, cruzó y aprovechó la entrada de la mujer para colarse, tranquilizándola con un saludo exquisito, una sonrisa esbozada a la medida de viejecitas asustadas. Le abrió la puerta del ascensor pero él optó por la escalera, para evitar preguntas. Subió lentamente hasta el último piso, un cuarto. Había dos viviendas por piso, ocho en total. Se apostó entre el tercero y el cuarto, atento a cualquier movimiento de puerta: necesitaba averiguar cuál era el lugar del pecado. El ruido le llegó del tercero. Asomó la cabeza: de la vivienda de la izquierda salía él. Había pasado hora y media desde la salida de Florencia. Intentó imaginar lo sucedido durante ese tiempo, pero nada sensato se le ocurría. El viejo regresaría a casa, sin duda. Ahí le esperaba una esposa ajena al tejemaneje de última hora del respetable don Miguel Bravo, propietario de Cárnicas Canarias SL. Decidió el detective que la mañana de trabajo había terminado, que poco más habría que sacar de este asunto. Tenía la información que sus clientes necesitaban, pero esperaría el fin de semana para llamarlos, porque alguna novedad podía surgir. Sobre todo, porque al prolongarse la investigación, se estiraba también la minuta, lo que le venía bien, sin poner en peligro el patrimonio de los Bravo.

Lo mejor del caso Bravo era que lo dejaba a la hora adecuada a tiro de piedra del Valbanera. Un día por semana, además, Cándido se distanciaba de sus menús caseros para experimentar con la gastronomía negra:

—¿Comida africana? —le había preguntado García Gago cuando, unos meses antes, le expuso su proyecto.

—No, hombre. Qué carajo comida africana. Comida negra, de novela negra.

—¿Y eso?

—Coño, parece mentira que un detective no sepa que lo que más les gusta a sus colegas de las novelas es la comida.

—Bueno, a todos no…

—Hombre, los pobres yankis se tienen que conformar con hamburguesa y coca-cola, aunque en cuestión de cócteles se llevan la palma. Los del norte pasan demasiado frío para salir a comer por ahí. Yo me refiero a los normales, a los que son como nosotros.

—A ver, cuál es el plan —se interesó García Gago.

—Muy sencillo. Una vez a la semana, me olvido del potaje de berros, del sancocho y de la ropa vieja, y les ofrezco a mis clientes un menú negro-criminal.

—¿Y de dónde sacas las recetas?

—Me he hecho con el libro ideal, de una tal Montse Clavé. Entre eso y lo que yo he descubierto por mi cuenta, tengo para un año sin repetir ni una sola semana.

—Pues me parece buena la idea, amigo Cándido. Excelente.

El plan había sido un éxito. Cada viernes se llenaba el Valbanera con adictos a la novela negra o a la comida exótica, a partes iguales. Por el paladar de García Gago habían pasado ya la olla podrida de Petra Delicado, el Musaka de Ripley, la bullabesa de Fabio Montale, la chorba del comisario Llob, los tomates rellenos de Jaritos. Ese día, tras salir del edificio de la calle Cano, Cándido le puso delante unos pinchitos al estilo del inspector Alí:

—Pinchos de solomillo, llevan toda la mañana en un adobo de aceite con comino, cilantro, pimienta, ajo y un pellizco de sal. De ahí a la barbacoa, pero cuidado con la brasa, que tiene que estar a punto.

—Joder, Cándido, estás que te sales, hasta de Marruecos te sacas detectives.

—Detective no, compañero, inspector: ins-pec-tor —dejó clara la diferencia de clases—. Y espera, que me estoy leyendo a uno de Malí que se pirra por el dibi-dibi.

—¿Por el qué?

—El dibi-dibi, ignorante. Ya te enterarás a qué sabe eso dentro de un par de viernes.

El taxi llevaba media hora dando vueltas por los alrededores de la playa:

—Mira. José, o me dices qué carajo hacemos o te bajas del coche. Que nuestro acuerdo es para seguir a gente, no para huir de la gente que nos persigue —sacó Martín al detective de sus cavilaciones.

—Tienes razón, pero déjame pensar. Es que ese tío me ha metido el miedo en el cuerpo, Martín. Que no nos dejan llevar pistola, coño, y él lleva una fijo.

—Pero vamos a ver, ¿no era que un viejo se estaba tirando a una piba y que los herederos estaban que trinaban? Qué pasa, ¿que se han topado con el novio, el hermano o el padre de la muchacha?

—A ver si lees los periódicos, Martín, que no vas a salir de simplón en tu vida —le plantó la portada del diario al taxista, cómplice y confidente.

La maniobra casi hizo saltar los airbags del coche, desató una tormenta de pitadas, frenazos e insultos. Pero, acostumbrado a su papel de rey del asfalto —título otorgado a un conductor junto a la licencia municipal de taxi—, Martín ni se dio por enterado, instalado el vehículo entre otros dos que, estacionados en doble fila dos carriles más allá, habían tenido la delicadeza de reservarle un hueco para la emergencia.

—Pero si esta tía es...

—La misma que viste y calza, así que sigue dando vueltas y déjame pensar.

—Me cago en la leche. Martín, me cago en la leche. Que nos estás metiendo en un lío del carajo.

—¿Nos estás metiendo a quienes?

—¡A ti y a mí, coño, a quién va a ser!

Hastiado de la letanía de «me cago en la leche» que iba murmurando Martín desde que vio la foto, el detective tomó una decisión:

—Déjame lejos de aquí. En Vegueta. En la calle de los balcones.

—¿Y quién vive ahí, a quién más vas a meter en este lío? —se alarmó el chófer.

—Una mujer que estoy frito por ver desde hace un par de días. Aunque me juego el pellejo que no va a estar en casa.

—Pues hasta que yo no sepa que estás a buen recaudo, no me muevo del portal...

Un cuarto de hora más tarde, José García Gago le anunciaba a su amigo, desde el balcón de la casa de Margarita, que podía ir con Dios.

7

El inspector Márquez, repuesto por el pincho de tortilla y la cerveza engullidos en la cafetería y la media hora de sueño reparador echado en su despacho —tras propagar por los alrededores la orden de no molestar, el jefe está pensando— se sintió en condiciones de regresar a casa de Florencia del Potro, volver a pisar el escenario del crimen en una segunda visita que había convertido, con los años de experiencia, en reglamentaria.

Se instaló en su propio coche, porque había tomado la decisión de aparcarlo en los aledaños del puerto y recorrer a pie las calles del barrio antes de llegar al nº 25 de Alfredo L. Jones, dar un paseo de esos que animan a la reflexión, se dijo a sí mismo, aunque bien sabía que tras tan noble propósito se ocultaba el de remover el poso dejado en su memoria por el alcohol en la noche del viernes, perseguido por la primera intuición, la disparatada idea de que había coincidido en algún momento con el asesino.

Dejó el coche en el aparcamiento del parque Santa Catalina y enfiló Luis Morote en busca de una bocacalle hacia la que su olfato le quisiera guiar. Así anduvo una buena media hora, cabizbajo, en un intento de dejar la mente en blanco, de abrir las puertas de entrada y salida a las ideas hasta que alguna de ellas tuviera a bien caer en la trampa y quedar atrapada en la fina telaraña tendida tras la apariencia de la indiferencia, la simulación de la distracción. En vano, porque había una imagen negada a tomar la vía de salida, empeñada en volver y volver al paseo circular por su mente, hasta que se resignó a hacerle caso con la esperanza de que terminara por cansarse y desapareciera hasta nueva convocatoria, que la habría porque el asunto era de importancia y merecedor de estudio. Para prestarle la atención que reclamaba, entró en uno de los bares de la zona que aún se resisten a la barra de acero inoxidable, las sillas con anuncios de refresco, la lucha contra los desconchones de paredes y techo. Pidió un café, porque no estaba el cuerpo para proezas, y se sentó en el extremo de la barra, lejos de la entrada, en busca de paz para volver a la imagen que insistía en reclamar su atención: la carta encontrada entre las pocas pertenencias de Florencia del Potro, que sacó del bolsillo interior de su chaqueta para volver a leer. Una carta chocante, le parecía, la carta que jamás habría pensado encontrar en casa de una prostituta. Una carta de amor, de esas que bien podría haber sido escrita por un adolescente, en la que el autor volcaba toda su desesperación, su pasión, su disposición a los máximos sacrificios para obtener correspondencia. O por mantenerla, quizá, porque de algunas de las frases se desprendía que la relación estaba en marcha y hasta que el sentimiento era compartido: *ojalá sigamos siendo siempre el uno para el otro lo que hoy somos*, o *lo eres todo para mí*, y otras lindezas propias de esa primera fase del enamoramiento que algún poeta en racha de inspiración calificó de estado de imbecilidad transitoria.

Algo chirriaba en esa carta como el lamento de una puerta oxidada al girar sobre sus goznes, algo que apestaba a juego sucio y dolor. ¿Quién podía estar así de prendado de una prostituta, implorando que las cosas siguieran como estaban para la eternidad, sino alguien que no tenía ni idea de con quién se la estaba jugando? ¿Con qué intención seguía ella el juego de la fiel enamorada, de la amante enloquecida que arrancaba semejantes esperanzas a hombre tan inocente, tan engañado? Quizá fuera, pensó entre sorbo y sorbo de café, con un ojo puesto en la botella de Chivas que refulgía sobre el estante y el otro en la misiva, un antiguo amado, abandonado él o abandonada ella una vez superada la tan a menudo ilusoria etapa inicial de los amoríos, cuyo único vestigio —descontados los que permanecen en el alma— fuera precisamente ese papel que tenía entre las manos; quien sabe si —se le desató la imaginación— fuera la desazón del amor perdido lo que la llevara a cruzar el Atlántico, buscar nuevos horizontes donde enterrar las penas, perderse en el laberinto de la promiscuidad.

No. No tenía pinta esa carta de ser antigua, no llevaba ni el olor ni el color que tan pronto delatan la edad del papel. Aunque tendría que ser en el laboratorio donde se resolviera ese asunto, el mismo del que aún esperaba noticias sobre semen, huellas dactilares y otros posibles rastros dejados por el asesino de Florencia del Potro. Debía hablar también con el grafólogo, pedirle que desentrañara los misterios ocultos tras aquella caligrafía, esa acusica que delata a quien sabe leer en ella la edad, el sexo, el estado de ánimo, la salud y hasta la magnitud de los logros o los fracasos en la vida de quien, inocentemente, se cree parapetado tras el anonimato absoluto únicamente por no dejar plasmada su firma a pie de página. Porque la carta que acababa de releer el inspector no la llevaba, señal de que su autor ni necesitaba dejar constancia de quién era para que Florencia lo reconociera, ni deseaba hacerlo —dedujo Márquez—, quizá por ser el suyo un amorío de los que conviene mantener secreto.

Tenía claro el policía que esa carta era un tesoro que debía poner cuanto antes en manos expertas. La guardó con cuidado en su sobre primero y en la chaqueta después, pagó la cuenta, lo sorprendió la mirada atravesada con que el dueño del garito le recogía el dinero, pronunció una despedida que se quedó sin respuesta y se dirigió a la salida. Fue ahí donde se le plantó delante un hombre, uno de esos cincuentones que apestan a la legua a rata de taberna, cuya barriga oronda habla a las claras del poco aprecio que tienen a su persona, cuyos modales rivalizan en vulgaridad con su conversación, que lo amenazó con un abrazo para el que nadie le había dado confianza:

—¡Coño, Manolo! ¿Estás mejor? ¿Adónde vas, hombre? Vamos para dentro, te invito a una copa. Esta la pago yo, te la debo —exclamó con una carcajada que revolvió las tripas al inspector.

—Imposible, ahora no puedo, tengo que ir a trabajar. En otro momento —supo aguantar el tipo, sabedor de que procedía ocultar la sorpresa.

—¿Y qué te trae por aquí a estas horas, algún ladroncillo o uno de esos peces gordos de que me hablabas anoche? —siguió el desconocido vomitando risa con aroma a ron.

—Nada, la rutina de siempre. Oye, te dejo, ya nos veremos —imploró a los dioses Manuel Márquez que jamás le volvieran a poner aquel espantajo delante.

—Sí hombre, cuando quieras. Aquí me encuentras a todas horas. Y no te preocupes por lo de Chano, anoche. Es un buen tipo, lo que pasa es que se toma las cosas del trabajo muy en serio.

—Bueno, hasta otra —puso el inspector los pies en polvorosa, suponiendo que el tal Chano era el dueño del bar, entendiendo el porqué de su cara de perro de presa, maldiciéndose a sí mismo, jurando que se acabaron las copas, de una puta vez por todas se acabaron, sabiendo que eran palabras vanas, tiritas inútiles para la herida que en el amor propio le sangraba a chorros.

No hacía falta ser un lince para comprender que había compartido copas y departido con ese tipejo del que, en estado normal, huiría como de la peste; ni para darse cuenta de que —y le constaba que no era la primera vez— había sacado a relucir su identidad de policía, se había ido de la lengua con esa historia de peces gordos y a saber cuántas chulerías más; tampoco para deducir que la visita al garito acabó en trifulca con el dueño, hombre sin duda curtido en el trato con borrachos plomizos, capullos pendencieros y otras aves nocturnas e indeseables. Menos aún para percatarse de que había pasado una noche más en la infamia, se había vuelto a convertir en el trapo sucio que tanto odiaba ser, la escoria que su mujer, para fortuna de ella, había tenido la lucidez de dejar tirado en el estercolero de su vida.

Entre esos pensamientos con que se fustigaba, en vano intento de redimirse del pecado, lo consoló uno: al menos sabía que sí, que su intuición no le había fallado, y que era en el barrio, muy cerca del 25 L. Jones, donde había pasado la noche. Quizá en el preciso instante en que alguien rodeaba con sus manos el cuello de Florencia, lo apretaba con todas sus fuerzas, la soltaba ya inerte, abandonaba la casa en que había echado un polvo a cambio de una vida. Quizá, se echó a cuestas la culpa, en el momento en que Florencia del Potro sufría los embates del violador, en el segundo en que se despedía del mundo, pensara ella en el milagro de un salvador, sin saber que al alcance de su mano tenía a uno empapado en alcohol, navegando por las aguas fecales de la ciudad a que ella había arribado para salvarse.

Saludó al policía de civil apostado delante del portal con la orden de simular entrar al edificio al mismo tiempo que cualquiera que lo hiciera, subir con él en el ascensor para comprobar a qué piso se dirigía, llegar hasta el de Florencia para comprobar si era ése su destino:

—No hay novedad, jefe. Se ve que la clientela se ha enterado de lo ocurrido porque por aquí no pasa ni Dios. Un par de mujeres entrando y saliendo, pero nada más.

Manuel Márquez le entregó una copia de la foto en que Florencia aparecía acompañada:

—Grábate este careto en la cabeza. Puede ser que aparezca por aquí. Si lo hace, no lo sigas, me llamas de inmediato y mandamos una patrulla a recogerlo. Me encantaría hacerle un par de preguntas.

El inspector retiró el precinto de la puerta con cuidado, introdujo la llave en la cerradura y penetró en la vivienda. Entrar en la casa donde se acababa de cometer un asesinato, vacía ya de policías, fotógrafos, forenses y jueces, era como hacerlo en un templo, siempre lo había sentido así. El lugar le infundía respeto, lo invitaba al recogimiento. Accedía a él sin prisas por salir, imbuyéndose del ambiente en el que aún estaba presente la persona asesinada. Unos días más tarde, nada más levantado el precinto de la Policía Nacional, el propietario encargaría una limpieza a fondo de la vivienda, otros inquilinos la ocuparían, y desaparecería para siempre el rastro de Florencia del Potro. Sería en ese momento, y no antes, cuando el inspector Márquez la daría definitivamente por muerta. Tenía que imbuirse de todo lo que quedara de ella en esa casa sumida en la penumbra y el silencio. Ahí estaban sus pertenencias, las huellas de sus últimos movimientos, y quizá también flotaran aún en el aire algunos de los anhelos de mujer joven que pronto se esfumarían del lugar.

Se sentó en el único sillón de la pequeña sala, sin abrir las persianas. Cerró los ojos e intentó zafarse de la imagen del gordinflón borracho y grosero que lo había asaltado a la salida del bar. Tenía que afrontar la cuestión del alcohol de una vez por todas, lo sabía. No bebía a diario. Los días de trabajo, lograba con esfuerzo no pasar del par de copas de vino en la comida, de una o dos cañas al caer la tarde. Pero con el fin de semana se desmoronaba la voluntad, se quebraban invariablemente los buenos propósitos. Cuando la noche transcurría en casa de algún amigo, cuando las copas eran compartidas, no había problema: todo quedaba en familia, al que más y al que menos le tocaba turno de payaso insufrible en algún momento. Hoy por ti, mañana por mí. De ahí a la cama, mañana será otro día. Pero cuando le tocaba ronda en solitario, un brazo del que no era posible desembarazarse lo agarraba por la solapa y lo sacaba de su casa, lo llevaba a bares a la altura de su posición primero, lo arrastraba al final hasta cualquier tugurio, lo devolvía después a casa, lo metía en la cama, unas veces desnudo, otras vestido, y ahí lo dejaba, en la soledad, en la desolación de una vida que la marcha de su mujer había convertido en un desierto por el que vagaba sin hallar salida. Un desierto en el que el trabajo era el único oasis, exento ya de la ilusión de los primeros años, cierto, pero intacta su convicción de que el que la hacía debía pagarla. No lo movía ya tanto el servicio a la sociedad como el empeño en que no quedara impune el delincuente. Ya no perseguía al crimen, sino al criminal. Y seguía encontrando en ese anhelo la misma motivación, el mismo deleite en el trabajo bien hecho, en el recorrido por el intrincado camino que lo llevaba, una y otra vez, a la resolución de los casos que le ponían delante.

Pero no era ése momento para enfrentarse a su existencia. Eso quedaría, como siempre, para más adelante. Lo que tocaba era concentrarse en lo ocurrido la noche anterior en esa casa ahora sumida en el silencio. El forense le había confirmado la hora la muerte: cuatro de la madrugada. A las ocho, una vecina y compañera de oficio cumplía con el ritual pactado entre las dos: cada día le tocaba a una de ellas entrar en casa de la otra para comprobar que todo iba bien, En unos tiempos en que la prostitución se había elevado a la categoría de profesión de alto riesgo, esa práctica se había tornado habitual. Se topó con su cadáver tendido en la cama y corrió enloquecida a avisar a la policía. Minutos después una llamada lo sacaba a él del más allá.

La inicial incriminación de algún marinero quedó relegada a un segundo plano por la carta que guardaba en la chaqueta. Quizá el enamorado descubriera que la mujer de sus sueños se ganaba la vida entre los brazos de otros hombres y decidiera lavar en sangre la afrenta, el dolor. Quizá no, y hasta el día siguiente, cuando inevitablemente apareciera la noticia en la prensa se le clavarían en el corazón las dos noticias: que su amada era una puta y que había sido violada y asesinada. Pensó el inspector que para que el pretendiente se pusiera en contacto con él, en caso de no ser el asesino, debía primero enterarse de lo ocurrido, y decidió enviar esa misma tarde la fotografía de Florencia a los diarios, pedir que la expusieran en primera página.

Pero eso eran sólo conjeturas: hasta que no hablaran analistas y grafólogo había que esperar, dejarse de hipótesis que, como la de esa misma mañana, lo pudieran llevar a hacer el ridículo. Bastante tocado estaba su ego con el encuentro fortuito que tuvo, eso sí, la compensación de desvelarle el territorio de sus proezas nocturnas. Hasta que no llegaran noticias del laboratorio, más valía dedicarse a la inspección del terreno, la búsqueda de indicios, la recopilación de datos. Dispuesto a ello, abandonó el sillón, corrió todas las cortinas y abrió las persianas, permitiendo que la luz invadiera la estancia. Salió al balcón y sintió, con el alboroto habitual a esas horas de la tarde en las calles del Puerto, que acababa de salir de una tumba. El rotor de un helicóptero de la Guardia Civil se sumó al estruendo; a lo lejos, la sirena de un barco despidiéndose de la ciudad se incorporó a la fiesta, y Márquez no pudo evitar pensar que bien podría estar en él el hombre al que buscaba.

La puerta no había sido forzada, señal de que Florencia se

la había abierto a su asesino desde dentro o, con más probabilidad, había venido acompañada por él. La cama permanecía tal como había quedado tras el levantamiento del cadáver, sin deshacer y con las huellas de la batalla que había mantenido con su agresor. Éste no había esperado a meterse en la cama, lo que acercaba al inspector a su suposición de que ella se había negado a prestar el servicio, al ver que no había o dinero o condón. O porque —tesis del amante fuera de sus cabales— hubiera subido el asesino con la intención premeditada de acabar con ella. Tanto en un caso como en el otro, la ropa de cama sin remover indicaba que el criminal y su víctima no habían pasado la noche juntos.

Levantó la manta y las sábanas, desenfundó las almohadas, sin encontrar nada. El mismo resultado obtuvo al agacharse y buscar bajo el somier, el sillón y los escasos muebles. Tampoco había nada que señalar en la cocina, ni en el cuarto de baño. Había dejado para el final la habitación de Florencia, por si algo les hubiera pasado desapercibido a sus ayudantes. Removió la ropa en los cajones, repasó los bolsillos de pantalones y chaquetas, trepó a una silla para asegurarse de que sobre el ropero nada de interés había sido ocultado. Todo lo que Florencia del Potro parecía haber dejado en este mundo cabía pues en el cofrecillo de madera que le habían llevado a su despacho, donde guardaba sus fotos, la carta y un sobre con facturas y otros papeles cuyo estudio el peso de la resaca le había animado a dejar para el día siguiente. Sentía que algún secreto seguía guardando esa casa, y solicitó mantener el precinto. Al desandar el camino hacia el garaje, evitó la calle del bar en que se había tomado el cortado. En que, al parecer, se había lucido la pasada noche.

Cayó redondo en la cama al regresar a casa, sobre las nueve de la noche. Evitó así la tentación de las salidas sabatinas y logró llegar temprano y despejado a su despacho, al día siguiente.

Pasó toda la mañana y parte de la tarde enfrascado en los interrogatorios programados desde el día anterior: la amiga que encontró el cadáver, todos los inquilinos del edificio, los dueños de la vivienda. Y nadie más, porque Florencia del Potro, al parecer, no había tenido tiempo para amistades desde que llegara a España.

La sorpresa le llegó al declinar la tarde, vía telefónica. Asumió el inspector —siempre lo hacía— la responsabilidad de comunicar personalmente a los familiares de la víctima lo sucedido. El padre de Florencia, entre sollozos, fue quien se la desveló:

—¡Pero si estaba a punto de casarse!

Márquez se lo había contado todo. Era cruel esperar a que se enteraran por lo periódicos a qué se dedicaba la hija.

—¿Casarse? ¿Saben con quién?

—Ni el nombre sabemos, pero llevaban tres meses de novios. No puede ser...

Acababa de llevar la desgracia a un hogar de Santo Domingo. Tras su llamada, ya nada sería igual en esa familia, para ese hombre y esa mujer a los que había visto sonreír, cogidos de la mano de la pequeña Florencia, en una de las fotos que quedó abandonada en el piso de Alfredo L. Jones. Suspiró al colgar: lo peor, hacer de mensajero de la muerte, había pasado. El hombre le había suplicado que no la enterraran hasta su llegada, en dos o tres días reuniría el dinero para el viaje.

No había podido, con el ajetreo de los interrogatorios, hincarle el diente al resto de papeles que guardaba Florencia en su cofre de madera, ni a los informes del laboratorio. Tenía, además, una llamada pendiente al grafólogo. Pero antes de todo eso, debía salir a dar un paseo, a respirar el aire marino de la avenida.

Anduvo durante más de media hora. No había bebido una sola gota de alcohol en todo el día, y eso lo reconcilió consigo mismo. Se prometió terminar el domingo así, puro. Cuando regresó a su despacho, le comunicaron que en su ausencia alguien le había llamado, pidiendo que se pusiera en contacto con él urgentemente.

—¿Quién era? —preguntó al de centralita.

—Un tal José García Gago.

—Ni idea. No tengo tiempo para eso ahora.

—Dijo que lo que quiere contarle tiene que ver con el asesinato de esa chica.

El inspector Manuel Márquez se sobresaltó. El novio entraba en escena —supuso.

—Pásamelo inmediatamente —ordenó.

8

José García Gago llevaba algo más de una hora despierto. Le gustaba disfrutar de los minutos en que Margarita permanecía dormida, rozando su piel desnuda y tibia, con la luz del alba filtrándose entre las lamas de las persianas, gozando de su cercanía y del silencio. No estaba enamorado de ella. No era, al menos, ese amor que te asoma a locura, te reconcome el alma, te condena al desasosiego. En absoluto. De esa relación lo mejor era la independencia de ambos, la ausencia de pasión. Los unían, eso sí, lazos estrechos de afecto, atracción física y confianza. De complicidad para caminar juntos pero no revueltos por una vida de la que habían desterrado las ataduras de la vida en pareja. Cierto era que, como le había ocurrido en esos días y a ella en alguna ocasión, se presentaba a veces la urgencia del encuentro, porque el cuerpo reclamara su cuota de bienestar o porque el paso por algún momento difícil requiriera atención o consuelo. En esos momentos se bastaban el uno al otro, disfrutones natos ambos, aficionados a los mismos goces que, es sabido, unen más que cualquier otra cosa a los humanos. Buena comida, buen vino, buena sobremesa, buena música, charlas sobre buenas lecturas, compartían todo un arsenal de sanas costumbres que el cariño y la cama terminaban de convertir en una fiesta, en un bálsamo para vidas sin sobresaltos, vidas por las que no había ni que tirar voladores, ni que derramar lágrimas.

Como él, Margarita había pasado por el trance de un noviazgo tempranero, convertido con el paso de los años y el efecto de la inercia en matrimonio. Como él, se había encontrado con que había llevado su vida por un camino que no le pertenecía, en compañía de un viejo conocido con el que apenas compartía conversación. Como a él, le producía profunda desazón la visión de esas parejas que pasan horas sentadas en la misma mesa de un restaurante sin intercambiar una sola palabra, una sola mirada.

Margarita, dormida y desnuda a su lado, era un remanso de placer y de sosiego que él se había prohibido contaminar con la rutina.

La tarde anterior se había sentido salvado cuando ella le abrió la puerta con una sonrisa que, inequívocamente, anunciaba que lo estaba esperando. De inmediato entró en materia, desplegó ante su mirada atónita la foto de Florencia del Potro, reconstituyó los hechos desde el momento en que se presentaron en su despacho los hermanos Bravo hasta que, una hora antes, se deshizo del tipo de las patillas finas y alargadas con la ayuda del fiel Martín.

Fue ella quien le aconsejó que se pusiera en contacto con el inspector encargado del caso, porque debía quitarse de encima un caso que superaba con creces sus competencias y su capacidad, le dijo.

—¿Estás insinuando que para lo único que sirvo es para encargos de tercera? —se ofendió él.

—Ni hablar de eso, oiga; usted ha dejado más que demostrado lo mucho que vale —lo reconfortó—. Y al que diga lo contrario le recuerdo que usted solito se ventiló en menos que canta un gallo el caso del asesino de pueblo que la policía llevaba veinte añitos buscando. Cuando digo que el caso supera tu capacidad me refiero a tus medios, a tus posibilidades. Tú no tienes medios legales para enfrentarte a un asesino; por no tener, no tienes ni pistola.

—Yo no llevo un caso de asesinato, sino el de un ricachón octogenario que se está tirando a una muchachita, o el de una muchachita que le está sacando los cuartos a un ricachón octogenario, según se mire.

—Pero resulta que los dos casos se han mezclado, y que en esa mezcla, el tuyo ha desaparecido, así que lo mejor que puedes hacer es desembarazarte de él cuanto antes, y de paso te quitas de encima al moscón que te siguió esta tarde.

—Eso no me convence, Margarita. Ahí hay algo raro. Me huelo que hay algo raro. Estoy seguro de que esa chica ha sido asesinada por el romance con el viejo. Segurísimo. No creo en casualidades. Y si la policía no sabe nada de ese romance, va a dar palos de ciego hasta que se canse y pase del tema. No será una prostituta dominicana lo que les quite el sueño.

—Muy bien, pues vas tú y se lo cuentas. Y te quitas del medio. Y que ellos vayan a ver al viejo y hagan con él lo que quieran.

—Por ejemplo, tragarse el rollo de que es un señor decente al que jamás se le ocurriría faltarle el respeto a su esposa. Porque a ver quién demuestra lo contrario. La palabra de un puto detective contra la de un burgués respetable.

—En la casa de la calle Cano pueden encontrar pruebas. Yo qué sé, huellas, o lo que sea. Hoy en día, con esto del ADN, se hacen maravillas.

—A estas horas, mi querida Margarita, la casa de la calle Cano debe estar más limpia que una patena.

Margarita sorbió un trago de la copa de vino servida para recibir al amigo. Estaba claro que éste se aferraba al caso, y ella conocía la razón. Su carrera de detective le había reportado pocas satisfacciones. Muy pocas. En más de una ocasión había sido ella quien le había convencido de que no tirara por la borda su despacho, el prestigio que se había ganado tras una larga travesía del desierto, su único sustento. Ya habían pasado los tiempos en que los sueños se podían cumplir. Sólo quedaba la realidad, y a ella había que agarrarse. Y cuando al fin la vida le ponía delante un caso de verdad, una historia criminal en cuya resolución podía intervenir, se resistía a dejarlo escapar.

—Está bien —dijo—. Quizá tengas razón. Creo que hace falta alguien como tú para sacar esto adelante. La policía, sin tu ayuda, no hará nada. Deberías proponerle un trato.

—¿Un trato? ¿Un trato a la policía?

—Sí señor. Un trato. Ellos van detrás de un asesino, tú quieres desentrañar el misterio de la relación entre esa pobre chica y el capullo aquel —dejó claro Margarita el partido que había tomado—. Tú sabes cosas que les interesa a ellos, y ellos te pueden ayudar en tus pesquisas. Es como si llevaran dos casos distintos, aunque paralelos, en equipo. Cada uno ocupándose de lo suyo, pero echándose una mano.

José García Gago se echó hacia atrás contra el respaldo de su sillón. Con la mano izquierda, levantó su copa, la derecha la extendió hacia su amiga, con el índice por delante:

—Usted es todo un coco, oiga. Necesito una ayudante en mi despacho. ¿Cree que …?

—Donde tengas la olla, no metas… nada más —le espetó, y se fundieron en un abrazo envuelto en besos y carcajadas.

No era malo el plan, aceptó el detective. Le había contado lo sucedido en los últimos días, siguiendo los pasos de Miguel Bravo y Florencia del Potro, la sorpresa que le había reservado el jueves, cuando ya parecía que todo estaba encauzado como un caso más, simple hasta el aburrimiento, hasta la vulgaridad. Esa mañana, había vuelto a acompañar a don Miguel desde su casa hasta el Círculo Mercantil, esperándolo esta vez fuera, porque no es ése lugar en que un extraño pase desapercibido. De ahí, a la calle Cano: el hombre parecía estar en forma, no estaba dispuesto a perder un solo día en su reencuentro con los placeres de la carne. En esta ocasión, él salió primero y fue ella quien permaneció en el piso. Llevaba García Gago dos horas y tres cervezas en la barra de su puesto de observación cuando sucedió lo inesperado, algo que venía, intuyó, a complicar las cosas. Con paso decidido se acercó hasta el portal un hombre que no le era desconocido: lo había visto salir, un par de días antes, de casa de Florencia, junto a ella, apuesto, fornido, patillas finas y alargadas; era el mismo que había vuelto a ver, esa misma tarde de domingo en que todo ello le contaba a Margarita, en el restaurante La Marina, y que había logrado despistar gracias al buen Martín. Para complicar más la situación, el hombre abrió el portal con su propia llave y le dejó tiempo de sobra al detective para ordenar todas las preguntas que se le agolpaban en el cerebro. Estaba claro que guardaba con Florencia una relación más estrecha que la de un simple cliente: la hipótesis del chulo iba tomando forma. ¿Pero qué pintaba vigilando tan de cerca esa relación entre el empresario y la dominicana? ¿Por qué le había dado ella la llave de un apartamento que no le pertenecía? ¿Estaba al tanto el empresario Bravo de todo ello?

Otra hora de espera le costó al detective la inesperada visita, otra hora, otro par de cervezas y un embotamiento que le impidió tomar la decisión correcta al verlos salir juntos y emprender caminos por separado. ¿A quién seguir? Cuando optó por el hombre, éste ya había doblado la esquina y desaparecido, dejándole un resabio de amargura que decidió enjugar con una visita al amigo Cándido.

El viernes había transcurrido con normalidad: el mismo ir y venir entre la casa familiar y la de la calle Cano, esta vez sin visitas sorpresa. Cuando Florencia regresó a Alfredo L. Jones, él la vio por última vez: no podía suponer que esa misma noche sería la última, que jamás regresaría a los brazos del amante octogenario. Cuando el sábado por la mañana se acercó a casa del empresario y vio que éste no salió, supuso que los fines de semana el hombre se daba un descanso, permaneciendo junto a la legítima, como corresponde al buen cristiano que se esforzaba en ser.

—¿Y si el inspector me manda al carajo? Ya sabes la poquita gracia que les hacemos a los polis... —le confesó a Margarita su inquietud.

—No lo hará. Bueno, quizá al principio, pero en cuanto lo amenaces con colgar, verás qué pronto se retracta. Eso sí, te tendrás que poner en tu sitio, no dejarte avasallar.

El inspector encargado del caso no se encontraba en su despacho. Dejó el mensaje a un subalterno, con el ruego de devolución urgente de la llamada. Pero cuando ésta llegó, el que no estaba disponible era él: en ese momento andaba enredado entre las sábanas con Margarita, nada existía en la vida tan importante como para abandonar la tarea. Como siempre que hacían el amor, habían seleccionado la música con que amenizar la subida al séptimo cielo. En la penumbra en que habían dejado la estancia resonaban los conciertos para cello de Bach. Cuando el teléfono volvió a sonar, les llegó lejano el timbrazo, confundido con los últimos acordes, ambos en brazos ya de Morfeo.

En ellos seguía Margarita cuando se oyó de nuevo el teléfono, ya de mañana. García Gago se levantó, en busca de su móvil:

—¿Dígame?

—Soy el inspector Manuel Márquez. Al parecer alguien desea hablar conmigo.

—Sí, soy yo. José García Gago.

Quedaron citados para el almuerzo. El detective propuso el lugar para el encuentro: El Valbanera.

9

García Gago llegó con media hora de antelación a la cita. Había pasado una mañana apacible en la cama de Margarita, preparando ambos los detalles de la entrevista. No había de soltar todo lo que sabía de golpe, aconsejó ella, el inspector debía sentir en todo momento que seguía necesitándolo.

—El secreto del éxito está en la dependencia que él tenga de ti —dijo—. Y en otra cosa: que tú sepas exactamente lo que buscas. Tus clientes no pretenden nada más de ti, al contrario, quieren olvidarse del caso. Si ellos son los culpables y quieres que no quede el crimen impune, con darle a la policía la información que tienes es más que suficiente: ellos sabrán qué hacer con ella. Y si no son culpables, nada más necesitan de ti. ¿Qué pretendes entonces?

—No lo sé bien, Margarita, pero algo me dice que debo seguir con esto.

—Yo sí lo sé. Quieres seguir por amor propio, y porque necesitas algo así para no terminar odiando tu profesión. Por intuición, también, esa intuición tuya que nunca falla. Y me parece bien, adelante. Es una buena razón. Pero el poli no se debe dar cuenta de eso. Si no, no habrá pacto, o se romperá en cuanto se dé cuenta. Ése es tu punto débil en esta historia, y lo debes camuflar.

—¿Tú qué harías?

—Yo qué sé... Dile, por ejemplo, que un miembro de la familia te ha pedido, en secreto, que sigas investigando, porque no se fía de los demás. Dile que alguien cree que hay gato encerrado y quiere seguir informado. No sobre el asesinato, sino sobre el dinero del viejo. Algo así, que no puedan desmentir los hermanos, porque ese detalle no podrá ser desvelado por el inspector, esa será tu cláusula del contrato. Lo importante es que le quede claro que ese crimen a ti ni te va ni te viene.

—¿Y si se empeña en no hablar de ello a los hermanos? ¿Si no cuela?

—No hay pacto. Ésa es tu primera condición. Si no está dispuesto a cumplirla, no hay pacto.

—¿Estás segura de que no quieres cambiar de empleo? —sonrió el detective.

El Valbanera estaba aún vacío a esa hora. Hasta las dos de la tarde no empezaban a ocuparse las primeras mesas. Cándido le sirvió una caña en la barra:

—¿Cómo va la cosa, *pringao*? —tenía el día cariñoso el patrón.

—El *pringao* te va a decir una cosa, *enteraíllo*. Me traigo entre manos un asunto de los gordos, y...

—¿Más cuernos? —se burló.

—¿Viste la portada del diario de ayer?

—Sí claro, la dominicana... No jodas, José, ¿qué tienes que ver tú con eso?

—Llevo días siguiéndola. Un asunto de cuernos, más o menos, pero con un pureta de más de ochenta y podrido de pasta.

—Me cago en la leche. Vaya palo. Y qué, ¿te quedaste sin caso?

—De eso nada. Ahora empieza lo bueno.

—Oye, no te confundas, chaval, que tú no eres el Marlowe ése, ¿eh? Que tú vives en España, no en yankilandia. Así que déjate de películas y deja a la pasma hacer su trabajo, que para eso la pagamos.

—De eso quería hablarte —miró García Gago a su alrededor, pidió al patrón que bajara el volumen, con un gesto de la mano—. He quedado a comer aquí con el inspector que lleva el caso. No quiero que se dé cuenta de que tú y yo nos conocemos, así que nada de confianzas.

—¿El señorito se avergüenza de sus amistades?

—No digas chorradas. Ya sabes cómo es esta gente, más desconfiada que el carajo. Le tranquilizará saber que estamos en territorio neutral.

—¿Algo más?

—Sí. Quiero que le saques provecho a todo lo que has aprendido leyendo a Carvalho y compañía. Que te fijes en todos los detalles, especialmente si ha traído con él a alguien.

—Joder, José, si ha traído a alguien el primero en darse cuenta serás tú, estarán todos en la misma mesa, digo yo.

El detective dedicó al cocinero una mirada de reproche, acompañada de un largo suspiro.

—Ah, vale. Te refieres a que si se trae a alguien y lo sienta en otra mesa para que no te enteres… —rectificó Cándido.

—Menos mal, me estaba empezando a preocupar.

—¿Y qué quieres? Tengo la cabeza puesta en el potaje de berros y me pones a trabajar de sabueso… Por cierto, ¿cómo lo vas a reconocer?

—Me va a reconocer él. Sabe que lo espero en la barra y cómo voy vestido, así que aléjate de mí, que debe de estar a punto de llegar.

Si el inspector Márquez era un tío educado, es decir puntual, en cinco minutos estaría sentado frente a él en la misma mesa. Dio por buena la recomendación de Margarita: alguien de la familia Bravo había detectado grandes claros en la contabilidad de la empresa y quería saber a qué bolsillo había ido a parar el dinero. ¿Quién? Secreto profesional, ese maravilloso invento tan útil para disfrazar una mentira. Por segunda vez en su carrera, se tenía que ver las caras con la policía. Un detective no era para ellos más que un intruso de segunda fila que cumplía con encargarse de casos de poca monta. Mientras que no se cruzaran sus caminos, todo estaba en orden. Pero si ocurría que el destino los colocara tras los pasos de un mismo individuo, la cosa cambiaba. Tuvo ocasión de comprobarlo un par de años atrás y ahora, se temía, le iba a tocar de nuevo. Una imagen se le cruzó de repente entre esos pensamientos: un hombre siguiéndolo, en playa de Las Canteras. ¿Lo tendría otra vez pisándole los talones, y no se había dado cuenta de ello?

Miró hacia la puerta para asegurarse de que el poli seguía sin llegar:

—Cándido, acércate.

—¿Qué pasa ahora?

—Otra cosa. Muy importante. Si ves que entra un tipo de treinta y pico, guapetón, cachas y con patillas largas y finas, no le quites el ojo de encima, y me avisas.

—¿Cómo quieres que te avise, simplón, si me has prohibido hablar contigo…?

—Repasas la colección de novela negra que tienes metida en el coco y te buscas la vida.

La llegada de Manuel Márquez pilló al detective enfrascado en una disquisición de orden trascendental: ¿pedir o no pedir otra cerveza? La aparición del inspector le ayudó a resolver la cuestión:

—Yo también me echaría una de esas antes de sentarnos a comer —dejó fluir la simpatía a modo de saludo, tendiéndole la mano, apuntándose un tanto a favor en el combate que García Gago esperaba de la entrevista.

El detective levantó dos dedos en dirección al camarero, uno por cada cerveza. Cándido debía de andar atento al potaje de berros, recluido en la cocina.

—Si le parece, nos dejamos de rodeos y vamos al grano. Cuénteme —propuso el inspector.

—Llevo días siguiendo a la chica, y ayer me topé con la noticia. No dudé en llamarles, porque la información que tengo les interesa.

—¿Y por qué la seguía? ¿En calidad de qué?

—Soy detective, pensé que lo sabía. Lo dejé dicho cuando lo llamé.

—No me dijeron nada. Y no me extraña, teniendo en cuenta quién tomó el recado. La seguía en calidad de detective, pues. Eso me tranquiliza. ¿Y por qué?

—Puedo decirles todo lo que sé, pero antes tenemos que pactar.

—¿Está pidiendo dinero a cambio de la información?

—Para nada. Nada de dinero. Soy un detective, no un chorizo —amagó un arrebato de dignidad García Gago en su defensa.

—Mejor, porque así no me veo obligado a dejar la cerveza a medias. ¿Y entonces?

El detective invitó a Márquez a seguir la conversación en la mesa. Desde la cocina llegaban los efluvios de un almuerzo prometedor. El propio Cándido se apresuró en proponer un Pesquera, con la esperanza de que sus catorce grados y medios contribuyeran a aflojar tensiones.

—Lo que mis clientes pretenden de mí no queda resuelto con el asesinato de Florencia del Potro. Es más, el encargo gana en vigencia con ello —mintió García Gago—. Si digo lo que sé y ustedes entran a saco en el asunto, yo pierdo el caso y traiciono a mis clientes.

—¿Qué juego propone?

—¿Hay trato?

—No hasta que me dé los detalles y yo decida si puede haberlo o si no.

El detective se llevó la copa a los labios. Sorbió el vino con deleitación. No era de lo único de lo que estaba disfrutando: la situación, por complicada que fuera, lo llevaba a una estimulante batalla librada en el campo que tanto echaba en falta en su oficio, en que las armas eran la fineza psicológica, la inteligencia, la astucia. En ese terreno se movía el hombre que tenía frente a él, tan distinto a los demás policías con que se había cruzado, y sintió el mismo respeto que se siente por quien se tiene al otro lado de un tablero de ajedrez. Ojo, José, se dijo, tienes delante a un hombre con muchas millas recorridas. A un tipo con cabeza. Echó mano de los consejos de Margarita:

—De acuerdo, no hay trato —dijo con la mirada clavada en la de su contrincante.

—¿Sabe que tiene usted la obligación de colaborar con la justicia, y que en caso de no hacerlo puede perder su licencia de detective?

—Es justamente lo que le estoy proponiendo. Para ello lo he llamado, para eso estoy sentado delante de la ley en persona. En cuanto a lo de la licencia de detective, igual hasta me hacen un favor quitándomela.

Cándido volvió a hacer gala de su sentido de la oportunidad, y el detective supo que no podía tratarse de una casualidad: el patrón estaba encantado con la ocasión de desempeñar, por una vez, el papel de unos de los personajes de novela negra que tanto le apasionaban. Cortó la conversación en un momento de alta tensión al interponer entre los dos hombres una sopera de la que nacían emanaciones capaces de ablandar, esperaba el cocinero, el hueso que le había tocado en suerte a su amigo. Antes de ocupar el recipiente el centro de la mesa, ya habían echado, tanto el inspector como el detective, una mirada furtiva pero precisa a la botella de vino, comprobado que a partes iguales habían dado cuenta de más de la mitad del contenido, diagnosticado ambos que se encontraban ante uno de esos ejemplares humanos dispuestos a morir antes que a desdeñar una copa. Tampoco le pasó desapercibido el detalle al cocinero:

—Si desean que vaya descorchando otra botella, para que se vaya aireando…

—No gracias, va a estar bien así —afirmó Márquez—. ¿Nos traería un poco de queso?

—Y de cebolla —se molestó Cándido—, si no, no sería un potaje de berros. En cuanto al vino, ustedes sabrán. Si son capaces de meterse esto entre pecho y espaldas a palo seco, allá ustedes.

—Bueno, hombre, si se nos va a ofender, vaya abriendo esa botella —le sonrió el policía y García Gago obsequió al patrón, aliviado, con una mirada de admiración.

Aclarado que no estaban condenados a racionar el vino que quedaba, el inspector llenó las dos copas:

—Excelente, este Pesquera. Me gusta el sitio, y si este potaje sabe como huele, debe ser de primera. ¿Viene usted con frecuencia?

—De tarde en tarde, cuando el trabajo me trae por aquí.

—¿Y, últimamente, le ha traído el trabajo por aquí?

García Gago apreció la sutileza con que el otro encauzó la conversación por nuevos caminos, buscando salidas honrosas a sus últimas afirmaciones. Recogió el guante y le siguió los pasos:

—Pues sí. Un caso interesante. Interesante e impactante, a decir verdad. Una de esas historias de amor, o de intereses espurios, vaya usted a saber, que degeneran en tragedia.

Márquez se llevó la cuchara a los labios:

—Realmente delicioso. Le agradezco que me haya traído usted aquí. Es un lugar a tener en cuenta. Con dinero de por medio, me imagino. Me refiero a esa historia de que me habla, claro.

Ni hablar de seguir soltando prenda, decidió el detective, con la imagen de Margarita en mente. Ya había dado un paso, que moviera ficha el contrincante.

—Supongo —dejó claro que su turno se había cumplido. Márquez se dio por enterado:

—Bueno, pues si de lo único que se trata es que usted pueda seguir con su trabajo, sin interferencias por nuestra parte y quedando claro los límites en que cada uno se ha de mover, no veo yo por qué no íbamos a poder trabajar juntos, si de esa comunidad ambos nos beneficiamos, y la justicia también.

Espoleados por el trato tácitamente cerrado, la confianza y simpatía rápidamente granjeadas y el amor compartido por el vino y la buena mesa, uno y otro hicieron chocar sus copas, rellenas ahora con la nueva botella que acababa de dejar sobre la mesa el jefe del local, en quien una sonrisa habría delatado, de haberla visto alguien, la satisfacción del trabajo bien hecho.

A Margarita, a la diosa de la fortuna y a la de la buena fe, si es que estaba ésta representada por alguna divinidad, también a su intuición, se encomendó García Gago antes de empezar a desgranar la nada extraordinaria pero muy dramática historia de don Miguel Bravo y Florencia del Potro, sin omitir detalle, en un relato iniciado en el Valbanera y concluido en la barra del bar desde el que había seguido las entradas y salidas al piso de la calle Cano, cada cual fiel a sus costumbres, cuba libre él y whisky el inspector.

Finalizados al unísono el relato y la primera copa, la vista puesta en la puerta de entrada al edificio, un edificio supuestamente levantado para gente de bien, supuestamente construido para albergar a lo más honesto de la sociedad, Márquez no sintió reparo en comunicarle, tras unos instantes de meditación, su primera impresión a García Gago:

—El hijo de la gran puta... —y supo el detective que el alcohol empezaba a impregnar la conversación de la fluidez con que suele lubricar las relaciones humanas, y que había llegado el momento del autocontrol, no el de dejar de beber, que voluntad para ello no había, sino el otro, el de los campeones, el que se ejerce sin dejar de mantener el pulso al contrincante, porque aún no había dejado de ser eso del todo para él el inspector de policía que tenía delante, con toda la pinta de ser un experto en el arte de simultanear la bebida con la conducción de la conversación por el camino buscado, para sonsacar la verdad perseguida, vaciar al de enfrente de toda la información deseada y dejarlo después tirado en la cuneta de sus delirios.

Pero no, no iban por ahí los tiros, le pareció a García Gago al escuchar al inspector:

—Ahora mismo vamos a Comisaría y te enseño una foto. Como el tío que está con la dominicana sea el mismo que te ha seguido, y me juego el pellejo a que lo es, lo tenemos —pidió al camarero la cuenta con la determinación del que ve de repente iluminarse un camino por el que lleva tiempo dando bandazos a oscuras.

No le pasó desapercibido al detective el tuteo. Le vinieron a la mente las palabras finales de *Casablanca*, con interrogación añadida:

—¿Será el principio de una gran amistad? —siguió la estela del inspector, con el propósito de no dejarse traicionar por el alcohol ingerido desde la barra del Valbanera hasta la del observatorio de la calle Cano.

10

El inspector Manuel Márquez había adoptado, en su apartamento demasiado grande para tanta soledad, un rincón, un único rincón como suyo. En un extremo del salón —la estancia más amplia de la casa, en la que durante unos años que parecían pertenecer a la vida de otro se había repetido el ritual diario de una familia razonablemente feliz, cuando su mujer y sus dos hijos hacían de aquel espacio que ahora le sobraba un lugar en el que valía la pena vivir— se había construido un universo con un sillón, una lámpara de pie, una mesa baja, un mueble bar sobre el que se erigía una estantería con un aparato de música y unos cuantos libros. Ahí, y sólo ahí, se sentía en casa, cuando al caer la tarde dejaba a oscuras el piso y acotaba con la luz de la lámpara de pie su territorio.

Esa noche se llevó a su refugio un sándwich de jamón y dos latas de cerveza helada. Rebuscó entre los discos que guardaba en su rincón, seleccionados entre sus iconos, alguno que se adecuara al momento de reflexión que se disponía a llevar a cabo. Ahí estaban los clásicos del pop que le habían puesto música a sus años de estudiante, preservados del paso del tiempo y de las nuevas tecnologías: en su rincón seguían mandando el vinilo y el tocadiscos de aguja. Desfilaron por sus dedos Pink Floyd, Emerson, Lake and Palmer, Dire Straits, los Rolling. No, no era eso lo que pedía el momento. Se pasó a la sección jazz, que competía con el rock por mandar en sus preferencias. Tras dudar ante algunas de sus amadas vocalistas y estar a punto de desenfundar a Ella Fitzgerald, se topó con Keith Jarrett y no le cupo duda de que lo que necesitaba era el Concierto de Colonia.

Como siempre, quedaba atrapado desde el momento en que las primeras notas irrumpían en el silencio, porque el silencio es requisito indispensable para escuchar el Köln Concert. También, salvo excepciones como la que empezaba a sonar, para que el inspector se enfrascara en lo que consideraba lo mejor de su oficio, el momento de recorrer los laberintos por los que circulan los misterios de cada nuevo caso, abrir y cerrar las puertas de las posibilidades esperando que el buen tino y la intuición permitan cerrar las que deben ser cerradas y mantener abiertas las dos o tres entre las que ha de figurar la buena, la que te pone tras los pasos del asesino, te introduce en su mente para atraparlo en su propio terreno, el de una lógica vedada a los humanos que no han traspasado esa frontera que podría llamarse del mal, de la locura o de cualquiera sabe qué otra cosa y que cruzas al llevarte por delante la vida de otro. Tantas veces había traspasado el inspector esa frontera, mentalmente, de la mano de los criminales a los que había perseguido e, invariablemente, atrapado, tantas veces se había apoderado del alma de su contrincante que se preguntaba, en ocasiones, si no era posible quedar contagiado por ella, si algunas de las fuerzas invisibles que empujan a un hombre a matar a otro podría tornarse indeleble, quedar atrapada en su interior a fuerza de codearse con la personalidad del asesino. Sabía, por sus lecturas y por propia experiencia, que por inverosímil que le pueda parecer a un ser humano quitarle la vida a otro, por imposible que crea que hacer algo semejante tenga cabida en su vida, el empujón que se necesita para cometer un crimen es, cuando la situación se presenta, mínimo.

También en esta ocasión, estaba seguro de ello, daría con el asesino, sabría quién estranguló a Florencia del Potro. Pero había que recorrer el laberinto, y como nunca antes, media ruta estaba ya hecha, gracias a la providencial aparición de José García Gago, un detective que andaba tras los pasos de la víctima por encargo de la familia de un amante al que probablemente pretendía desplumar.

Había almorzado con él y juntos habían pasado buena parte de la tarde. Llegó a la cita reticente, pero expectante, sin saber que se trataba de un detective. Cuando lo supo, la desconfianza creció: nunca fue amigo de quienes consideraba mercaderes del delito, meteretes en asuntos que deben ser de resolución pública, husmeadores en intimidades ajenas. Poco amigo, pero sin fanatismos, porque tampoco ignoraba que la policía no puede con todo y si alguien le saca adelante el trabajo menudo, mejor que mejor.

Pero no fue el caso. Tras los primeros tira y afloja se enderezó el camino y por él circuló la simpatía. El hombre fue honesto y al grano, entregando lo que no le correspondía y quedándose con lo suyo. Y lo que le había entregado no era como para desperdiciar: donde sólo había oscuridad y ni un solo cabo del que tirar se abría de repente y de par en par una puerta que daba prácticamente a la resolución del caso.

Nada de marineros sueltos como perros sedientos en los alrededores del puerto, nada de haberse echado un mano a mano alcohólico con el asesino antes de que emprendiera éste rumbo hacia Alfredo L. Jones. A Dios gracias la disparatada idea de tomar muestra de semen a toda la flota amarrada en el puerto de Las Palmas no fue a mayores.

El velo espeso que cubría lo ocurrido aquella noche seguía ahí, pero se sintió más tranquilo al saber que los disparos procedían de otra dirección: Ciudad Jardín, mundo de gente bien… Nada que ver.

Pero no todo estaba hecho, pensó mientras engullía la última porción de sándwich. Detuvo por un momento sus pensamientos para centrarse en una de esas escalas vertiginosas del Concierto de Colonia que no permiten distracción. El piano enloquecido de Keith Jarrett no pudo sin embargo impedir que se le aparecieran retazos de la conversación con García Gago. No había que ser un lince para darse cuenta de que la relación entre el viejo y la niña apestaba a amores que nada tenían que ver con Cupido. Pero no sería él quien se escandalizase por algo tan banal como un hombre comprando los favores de una mujer, hasta ahí podríamos llegar, se dijo. Que el viejo enloqueciera por la hermosura de la dominicana era algo que cabía en el entendimiento de un fronterizo. Que la chica le sacara provecho al arrebato lascivo y postrimero del burgués le parecía legítimo, para algo le entregaba lo que a buen seguro no había imaginado él ni en sus más delirantes sueños, para algo lo que él le ofrecía a cambio no debía ser más que una piltrafa repelente, una inmunda sinfonía de bufidos y jadeos, un baberío repugnante y viscoso. Que todo tiene un precio en esta vida era algo que, a estas alturas de su vida de policía, nadie le iba a enseñar.

Pero de la vulgaridad de esa relación hasta el crimen había un trecho que recorrer, y le tocaba a él hacerlo. García Gago le había mostrado el camino, pero además le había puesto un guía a su disposición: el tipo de las patillas finas y alargadas que aparecía en la foto junto a Florencia, el mismo que le andaba pisando los talones al detective.

Así lo intuyó nada más acabar su relato el detective y así fue. Éste lo había llevado a un bar desde el que solía vigilar las entradas y salidas de la pareja a un piso de la calle Cano que el señorito había convertido en guarida. En cuanto García Gago le contó que el tipo que lo había seguido era el mismo que había visto con la dominicana, no le cupo duda. Lo llevó a su despacho y le mostró la foto en que una Florencia radiante posaba junto a un joven. Es él, confirmó el detective. Lo tenemos, aseguró el inspector.

Destapó la segunda lata de cerveza. Había pospuesto con intención el momento, para retrasar el que vendría, inexorablemente, una vez saboreado el último trago: la lucha por dejarlo ahí, por no levantarse a por otra copa. La lucha diaria en la que sólo se daba por vencido, sin oponer resistencia, los fines de semana. Cierto que esa misma tarde de lunes había faltado a sus propósitos, pero con una buena razón: el encuentro con García Gago, que tampoco era flojo en asuntos de copas. Motivos profesionales, gajes del oficio. Había sido suyo, al salir ambos de Comisaría, el valor de parar, la capacidad de esquivar la invitación del otro a la celebración, la ocasión lo merece, le había dicho, pero él sabía que tocaba, tras el descubrimiento, acomodarse en el rincón a poner en orden las fichas, colocar cada una en su sitio, antes de que la noche las fuera borrando. Tocaba, sobre todo, resistirse a la copa que daría paso a otra, y a otra más, hasta que algo o alguien decidiera que había que regresar a casa. Algo o alguien que no iba a ser él, porque nunca era él.

Lo tenemos, había asegurado entonces, pero hay que atraparlo, pensó ahora. Tenía el suficiente recorrido como para saber que ni el primer ni el principal sospechoso termina siempre siendo el culpable. Aunque, en este caso, parecía cantado. Porque los otros interesados en matar a Florencia podrían ser los herederos del empresario, pero habían optado por la solución tranquila, la del detective. No se encarga un asesinato así como así, menos aún entre gente bien. A estos les va más la extorsión, el chantaje, cualquier cosa que permita mantener la cabeza alta y el apellido impoluto. No tenía sentido contratar al mismo tiempo a un sabueso y a un sicario. O uno u otro. Y el de las patillas, ¿qué motivos podía tener para cargarse a su belleza? Muchos. O mejor pensado, uno. El de siempre. El motivo del macarra, el único, ley sagrada: matar a la presa antes que dejarla escapar. Y de paso, dar ejemplo, para que las demás calculen el precio de la libertad.

Quedaba por saber —apuró la segunda lata de cerveza y ya sabía que se iba a levantar a por otra, porque acababa de pactar consigo mismo que, bueno, una más, la última, pero cerveza y no whisky— qué relación había entre la libertad de Florencia y su aventura con el viejo. Y ahí entraba el momento delicado, el interrogatorio a los hijos del burgués, y al burgués mismo también, sintiendo mucho tener que molestar a su señoría, con cuidado porque el pacto con García Gago estaba claro y había que respetarlo: ellos no debían saber en ningún momento que era él quien les había hablado de la relación Del Potro-Bravo. ¿Que cómo se había enterado pues? Alguna evidencia encontrada en el registro de la casa de Alfredo L. Jones, mentiría. Un número de teléfono, un nombre, una dirección. Cualquier cosa, ya se verá, se levantó a cumplir el pacto recién firmado.

Hacía ya un buen rato que el piano de Keith Jarrett había enmudecido.

11

Sentado ante la mesa de su despacho, José García Gago intentaba un cálculo mental sobre el coste de una secretaria, a media jornada. Bien estaba que en sus principios, cuando se pasaba las horas muertas leyendo novelas de Maigret o contemplando el título enmarcado que colgaba de la pared, ni de soslayo le pasara por la imaginación permitirse un lujo que, por otra parte, de nada había de servirle, habida cuenta de la ausencia casi absoluta de trabajo, que apenas daba para su sustento. En aquellas fechas, la preocupación era más bien saber cuánto tiempo iban a poder resistir la economía y el cuerpo la escasez de clientes, y el alma la calidad de los encargos. Pero desde la inesperada visita de aquellos jóvenes que lo llevó a descubrir, en un pueblo del interior, a un asesino con veinte años de impunidad a sus espaldas, pero también a la primera plana de todos los periódicos de la provincia y a la sección de sucesos de alguno que otro de tirada nacional, la espada de Damocles se había mudado de despacho y la miseria había pasado a mejor vida.

Claro que las cosas habían mejorado, y mucho, tras aquella hazaña, pero un detective es un detective, y cada oficio tiene su techo, más aún si la competencia no deja de crecer al ritmo de la mala hierba, que es al fin y al cabo de lo que se alimentan sus colegas y él. Las cosas no iban mal, pero las vacas flacas podían presentarse en cualquier momento en la puerta de su despacho, y había que guardar afrecho para cuando tocaran el timbre.

Pero falta, lo que se dice falta, iba haciendo ya, pensó tras dejar sonar el teléfono sin levantar el auricular, porque el aparato chivato le había anunciado que la llamada llegaba desde la mansión de los Bravo, y él no estaba aún en condiciones de decirle nada a María Elena con respecto a lo hablado mientras caía un delicioso arroz negro con bogavante, con la playa de Las Canteras como telón de fondo, el pasado domingo. Y no le hubiera venido nada mal tener una voz femenina con que ocultar sus mentiras, don José no se encuentra en estos momento señora no se preocupe usted que nada más llegar lo pongo al corriente de su llamada; una voz que además se ocupara de mantener despierto el despacho mientras él trabajaba en la calle, como casi siempre sucedía, una voz más cálida, amable y útil que la del contestador automático.

Algo tendría que hacer, un tema lo llevó a otro, con los hermanos Bravo. El inspector Márquez no iba a tardar en ponerse en contacto con ellos, anunciarles que estaban al tanto de los amoríos de su padre y que tocaba pasar por Comisaría. Se había comprometido, eso sí, a no meterlo por medio, a inventarse la pista que lo había llevado hasta ellos, y a avisarle antes de marcar su número.

Buen tipo, el inspector Márquez, le había parecido. Nada que ver con lo esperado, con lo conocido hasta la fecha. Habían pasado un buen rato juntos, en el Valbanera primero y en el bar después. Acababan de conocerse y ya parecían formar equipo, le había contado a Margarita al regresar a su casa. Ella lo esperaba impaciente: sus consejos, sabios por cierto, la habían implicado en la historia.

Y si Margarita fuera la mujer que buscaba para su despacho…, volvió al tema. Mucho más que una secretaria, claro, talento le sobraba, podrían formar equipo, como con el inspector, divagó. Pero también inteligencia y ya se lo había advertido, medio en serio medio en broma: nada de mezclar una cosa con la otra, porque al final se pueden perder las dos.

Margarita se había mostrado entusiasmada con el relato del encuentro, ya te lo dije, no podía fallar, se arrogó el mérito que en verdad le correspondía. El descubrimiento de que el tipo que lo había seguido era el mismo que el de la foto del inspector dejaba clara la relación del asesinato con los amoríos de don Miguel. A santo de qué si no iba a ir tras él el tipo de las patillas, argumentó, y el detective le dio la razón.

—El inspector debe estar privado contigo —le había dicho, ya en la cama, donde de la conversación habían pasado a la acción.

El inspector le había enseñado también la carta, señal de confianza y buena voluntad, de que estaba dispuesto al trabajo en común, sin dejar ningún naipe boca abajo. Esa misma mañana había recibido el análisis grafológico: hombre mayor, culto, emprendedor, pero presa de algún desequilibrio emocional, ansiedad, alguna perturbación del espíritu en fin, probablemente circunstancial. Desde la época de la academia —el estudio de la caligrafía había figurado entre sus materias preferidas— nunca había dejado de sorprenderse por la cantidad de información que podía obtenerse de la redondez o angulosidad de la letra, si ésta camina hacia arriba o lo hace hacia abajo, el lugar que ocupaba el texto en el folio, que si en el centro, a la derecha o a la izquierda, el uso o abuso de las mayúsculas… La descripción del grafólogo, en cualquier caso, le iba como anillo al dedo a don Miguel Bravo, y entre una cosa y otra el caso parecía encauzarse por buen camino.

Quedaba el análisis de semen como último paso, y apostaba una botella del mejor ron del planeta a que en el interior del patillas hallarían la respuesta.

La hora del almuerzo se iba acercando, y a pesar de encontrase el despacho próximo a la playa de sus amores, lejos del Valbanera, decidió ir a ver a su amigo Cándido, que a buen seguro lo estaba esperando para recibir novedades y algún comentario sobre el papel de colaborador que tan bien había desempeñado durante la entrevista con Márquez. Se le presentaba, pensó, una ocasión de oro para sacar de paseo a su viejo, querido y cascado fotingo, su R5 del alma que llevaba varios días sin salir de la plaza de garaje que le correspondió con su piso, a unos cien metros de la oficina.

Un presentimiento lo asaltó en el camino. Se giró bruscamente, pero no vio a nadie más que a los habituales a esas horas del mediodía, un martes, paseando por Las Canteras. El verano estaba empeñado en adueñarse del mes de noviembre, para regocijo de los bañistas. Hacía un día espléndido, no apto para paranoias, pensó, y siguió su camino.

Aquel día, el de las patillas había dado con él porque había seguido a los hermanos Bravo, supuso. Y porque debía de sospechar que si habían quedado para comer el mismo día en que el anuncio del asesinato aparecía en las portadas de los periódicos no podía ser para hablar del tiempo. Así que probablemente decidiera ir tras él por si las moscas su rastro lo llevaba a algo interesante. Pero tras el esquinazo, no tenía manera de volver a dar con él, salvo que se toparan en la calle por casualidad.

Y en esas casualidades, García Gago no creía.

El R5 sufrió un ataque de tos nada más sentir la llave que su amo le introdujo en el alma. Ya sé que te tengo abandonado, no seas mimoso, le recriminó éste, y se lo ganó por la vía de los sentimientos.

Pero si el tipo de las patillas mató a Florencia del Potro —enfiló la avenida marítima— a santo de qué venía exponerse, plantarse a unos metros de los Bravo, seguirlo a él.

Algo chirriaba en toda esa historia, le costaba reconocerlo cuando unos minutos antes lo tenía todo tan bien encarrilado. Demasiado bien encarrilado. Aunque, se tranquilizó, todo no debía ser por narices tan complicado como en una jodida novela negra.

—Rancho canario —se le adelantó Cándido a la inevitable pregunta que, a guisa de saludo, le solía espetar García Gago nada más cruzar el umbral del Valbanera.

Al patrón se le veía algo nervioso, impaciente. No le pasó desapercibido al detective el detalle, pero decidió hacerlo sufrir un pizco.

—¿Qué, me pones una cervecita antes de comer? —se sentó en la barra.

—¿Y… qué te trae por aquí? —se ofendió Cándido.

—Pues nada, lo de siempre, a ver con qué me enveneno hoy en tu chiringuito de mierda — y los dos prorrumpieron en una risa escandalosa, lanzando la mano por encima de la barra hasta chocarlas en una palmada sonora que no sorprendió a nadie, porque a esa hora aún no había empezado el abordaje al Valbanera.

—Genial, Cándido, estuviste genial —lo felicitó el detective—, ¡qué arte, cómo le enchufaste la segunda botella, así, como el que no quiere la cosa!

—Hombre —se hizo el modesto el patrón—, son muchas horas pasadas entre polis y detectives. Es que me los conozco al dedillo, fíjate que ya no sé si los de las novelas se copian de ustedes o si son ustedes los que se copian de los de las novelas. Pero igualitos, vaya que si lo son.

—Mira, ¿y qué me dices del muchacho?

—Pues mala gente no parece, y ya vi que largaron por esa boquita que daba gusto, así que venga, desembucha, que para eso soy tu adjunto, tu co-la-bo-ra-dor —se acercó el índice a la frente, le hizo dar un par de piruetas en el aire, lo devolvió a su posición natural, sobre la barra.

—¿Así, a palo seco? —reclamó su caña.

Le contó sin entrar en detalles —por celo profesional más que por desconfianza— la conversación con Márquez. Omitió lo de su visita a Comisaría, la foto de ella con el chulo, si es que del chulo se trataba. El patrón permaneció pensativo, silencioso, y así regresó a sus calderos.

—No te fíes demasiado —le recomendó al servirle el rancho—. Un poli no deja de ser un poli. Y ése, especialmente, parece saber más que los ratones colorados. Cuidado con él.

El detective agradeció el consejo con un gesto de la cabeza, intentando disimular su escasa convicción. Manuel Márquez le había parecido un tipo de fiar. Pero bueno, en algo tenía razón su amigo: un poli siempre es un poli.

Dio cuenta del rancho en un dos por tres. Los fideos gruesos estaban en su punto, la carne de cerdo había sido escogida entre las mejores piezas, los garbanzos eran de los de verdad, no de esos de plástico que se venden en botes de cristal.

—Suculento —le dijo al cocinero al despedirse, cumplido el almuerzo y rematado, para no perder la costumbre, con un chupito de ron.

—Ni rastro del guaperas con patillas —se despidió de él Cándido.

—No bajes la guardia, compañero.

Al pasar delante del piso de la calle Cano, pensó que sería bueno un rato de vigilancia desde el bar-observatorio. En su conciencia se encendió una voz de alarma y, por una vez, le hizo caso:

—Tú lo que quieres es tomarte un cubata —era Pepito Grillo quien hablaba.

Reconoció lo incuestionable y siguió su ruta. Había decidido pasar la tarde en su despacho, dándole vueltas al asunto.

Sabía que ni podría ni debía enterrar la idea que lo había asaltado mientras caminaba en busca de su coche: ¿Qué necesidad tenía de exponerse el patillas si era él el asesino? Desatender ese pequeño inconveniente era como esconder las colillas bajo la alfombra. Más tarde o más temprano, la mierda aflora.

El inspector había quedado en llamarlo; muy pronto, le había dicho. Esperaría su llamada esa tarde, mientras le daba vueltas al asunto. Quedaría con él y le plantearía sus preocupaciones. Para eso formaban equipo, decidió postergar el tema mientras introducía el ticket en la máquina expendedora, cobradora y abusadora del aparcamiento de San Bernardo.

—Si de verdad es suyo, el santo éste debe de estar forrado —masculló al dirigirse hacia el fotingo.

A esas horas en que el común de los mortales está delante de un plato de comida o del televisor, sobraban huecos en el aparcamiento. A lo lejos vio su R5, empotrado entre un Mercedes y una columna.

Unos pasos resonaron en el la penumbra del enorme edificio. Se dio la vuelta: no había nadie. Un cementerio, eso es lo que le recordaba ese lugar cada vez que le tocaba aparcar allí, cuanto menos mejor. Triste, tétrico, inquietante lugar.

La mano que le tapó la boca lo echó con fuerza hacia atrás. Un puñetazo en el estómago produjo el efecto contrario.

—Las llaves, cabrón —una voz le llegó desde otro mundo, y un brazo que no era suyo, una especie de implante autómata que llevaba pegado al cuerpo sacó el llavero de su bolsillo y lo tendió hacia la voz.

A empellones lo metieron en el asiento trasero. Uno de los asaltantes entró tras él. Una mirada rápida le permitió comprobar que el tipo no llevaba patillas. Tampoco el que se sentó al volante.

—El ticket —ordenó éste, y sus deseos fueron cumplidos al instante.

—Escúchame bien, bonito —la pistola que puso delante de los ojos primero, pegadita a un costado después le pareció un argumento más que respetable.— Vamos a salir de aquí tranquilamente, y te vas a portar bien, ¿verdad? —dio por bueno el meneo de cabeza con que García Gago mostró su pleno acuerdo. Y si te portas bien, no te va a pasar nada, porque lo único que queremos es hacerte un par de preguntitas. ¿Comprendido?

Nuevo meneo de cabeza, acuerdo total. El Mercedes aparcado junto al R5 iba ahora pegado a él. El detective no lo sabía, porque tenía la cabeza en otra cosa. Tampoco sabía que quien lo conducía sí llevaba patillas. Unas patillas largas y finas, que habría reconocido de inmediato si el tipo que tenía al lado le hubiera dejado echar un vistazo a su alrededor.

—Bien, así me gusta —sintió el detective la pistola buscando hueco entre dos costillas en el momento en que el chófer introducía el ticket en la máquina.

La barrera se levantó, dejando paso al coche. Favorecido por la pendiente, García Gago pudo ver el Mercedes en el retrovisor de su pobre fotingo. Por la mente se le cruzaron mil imágenes. Margarita, unas horas antes, entre sus brazos. El inspector y él, cara a cara en el Valbanera. Cándido, descorchando la segunda botella de vino. El coche dejó a su derecha la calle Cano, y sintió unas ganas terribles de gritar el nombre de su amigo cocinero, de pedir auxilio al municipal que, apoyado sobre el sillín de su moto, observaba el tráfico, ajeno a su tragedia.

La congoja y el terror le atenazaban la garganta. Tenía que serenarse, le iba en ello la salvación —alcanzó a pensar.

¿Quiénes eran esos tipos, qué querían de él? No eran simples ladrones, lo habrían desplumado ahí mismo. Tenía que ver con Florencia del Potro, no había otra posibilidad. Puto oficio. Puto empeño en meter las narices donde no le correspondía.

—¿Quiénes son ustedes, qué quieren de mí? —se atrevió.

El de la pistola se llevó el índice de la mano libre a los labios. El coche enfiló la autopista del sur. Sur igual a mafia, se le antojó. Igual a mierda. A muerte.

A paliza. Tenía pánico al castigo físico. Pensó en su padre. Hacía siglos que no lo acosaba esa aparición. Y ahí estaba, siempre presente cuando había violencia de por medio. Se refugió en brazos de su madre, en un regreso instantáneo a la infancia. De nada le sirvió el artificio: El padre seguía ahí. También el tipo de la pistola.

Le ardía la boca del estómago. El puñetazo le había pegado el rancho de Cándido a las vísceras. Intentó alcanzar con la vista el retrovisor exterior. En una curva, apareció el Mercedes. El mismo que había visto aparcado junto a su coche, y salir tras ellos después.

El tipo que tenía a la izquierda le agarró el brazo. No le dio tiempo de pensar, menos de preguntar: la aguja le atravesó la piel con violencia, el líquido de la jeringuilla chorreó hacia adentro. Un gritito de dolor se le escapó, grotesco. El pánico, la cabeza convertida en un tiovivo enloquecido.

Y nada más. El silencio. La oscuridad.

García Gago recuperó algo de la conciencia perdida mientras lo sacaban del coche. Los dos tipos que lo agarraron por los brazos y arrastraron fuera del garaje, escaleras arriba, eran personajes de una pesadilla, quiso creer, de la que iba siendo hora de escapar. Al escenario de su malos sueños fueron saliendo nuevos actores, y entre ellos apareció un viejo conocido, un tipo con patillas largas y finas.

Uno de sus delirios nocturnos más recurrentes, el peor entre todos, le hacía vivir la ensoñación con sensación de realidad absoluta. Se sentía paralizado, aplastado por una angustia extrema, y los esfuerzos por mover cualquier parte del cuerpo resultaban dolorosos y vanos. Se veía a sí mismo tumbado en su cama, y la habitación era exactamente la suya, sin un solo detalle que le permitiera esperar estar soñando. A su izquierda podía ver, de reojo, su lámpara de mesa, y como tantas veces en las noches de insomnio, se disponía a apretar el botón que hiciera la luz. Pero no había manera, su brazo no respondía a las órdenes, a las súplicas. Generalmente, el suplicio acababa con un despertar violento, una sacudida que parecía expulsarlo de la cama y lo dejaba en estado de ansiedad.

Por una vez, deseó estar padeciendo uno de esos martirios nocturnos, pero se le fueron colando por las rendijas del cerebro el rancho de Cándido, la llegada al aparcamiento subterráneo, el puñetazo en la boca del estómago, la pistola clavada en el costado, la autopista del sur. Y la habitación en que se encontraba no era la suya. El somnífero que le había administrado su compañero de viaje, a saber cuánto tiempo hacía de eso, lo había sumido en un estado de aletargamiento del que un baldazo de agua fría intentaba terminar de sacarlo.

No era una pesadilla, se terminó de convencer. Por si quedaba alguna duda, unos brazos corpulentos lo levantaron por el cuello para depositarlo sobre una silla, donde un chaparrón helado le cayó encima.

—Bueno, amigo, vamos a aclarar las cosas rápidamente, porque andamos con prisas —la vista aún nublada no le impidió comprobar que hablaba el de las patillas.

Alguien le pasó los brazos a la parte trasera de la silla. Respondió con un gemido a la presión de una soga alrededor de sus muñecas. Una arcada le elevó hasta la garganta la acidez de la bilis. Margarita pasó fugaz, sonriente, por su mente.

—Lo que te vamos a preguntar lo sabemos ya, de modo que sólo nos lo vas a confirmar. La familia Bravo te encargó que mataras a Florencia del Potro, tú hiciste tu trabajo y cobraste…

por cierto, ¿cuánto te pagaron por el trabajito, cabrón? — los ojos del detective se abrieron como platos, meneó la cabeza de derecha a izquierda, quiso decir algo.

—Y es que resulta que Florencia era nuestra amiga, ¿sabes? —el que hablaba elevó el tono—. Una amiga a la que queríamos mucho. Muchísimo. Y estamos muy tristes por lo que le pasó.

—Están equivocados, yo no tengo nada que ver con la muerte de Florencia — de la espesura que le atenazaba la lengua nació una voz que le resultó irreconocible.

Pero era la suya. Era él quien estaba ahí, atado a una silla, aterrorizado. Era él quien recibió un puñetazo en plena cara, quien sintió que el cráneo se resquebrajaba, y el calor húmedo de la sangre brotando del labio y de la nariz.

Sintió cómo se tambaleaba la silla, y él con ella. Alguien la sujetó por detrás antes de que cayera al suelo. También sintió que estaba perdido, que no había oportunidad para las aclaraciones, que ya lo habían condenado. Los ojos se le llenaron de lágrimas. Venidas de muy lejos, unas voces discutían, y creyó comprender que uno de los tipos le recriminaba al otro que antes de las hostias había que dejar hablar.

Su nuevo interlocutor se mostró más afable:

—Venga, cuéntanos tu historia. Ya has oído a mi amigo.

La salvación consistía en hablar antes de que se lo cargaran. En hablar y convencer. Su voz sabía a terror y a sangre:

—Yo no he matado a nadie. Soy detective, los hermanos Bravo me encargaron que vigilara a su padre y a Florencia, que les proporcionara información sobre ella. Es lo que hice, les dije dónde vivía, dónde se encontraban, nada más —sintió que la vejiga estaba a punto de estallar. Tenía que aguantar, retener la presión de la orina.

—¡Miente! —aulló el que le había asestado el puñetazo—. Es un hijo de puta. Nos lo cargamos ya y nos largamos de aquí.

Intentó darle nacionalidad a su acento latino, sin éxito. El otro, en cambio, era peninsular, y no de la periferia. Castellano puro:

—¡Cállate, joder! ¡Ya sabes cuáles son las órdenes! —le espetó a su compañero—. Y claro, no tendrás ni idea de quién lo hizo, ¿verdad? —recobró la calma al dirigirse de nuevo al detective.

—Ni idea, lo juro, ni idea —se lanzó el prisionero a la desesperada, interceptó un guiño dirigido a quien estaba a sus espaldas.

El guiño, como se temía, era una orden. Una cuerda le rodeó el cuello, lo apretó, se le hundió en la piel, en los huesos, lo dejó sin respiración. La vejiga se soltó y un líquido tibio le recorrió las piernas. Una sucesión vertiginosa de fotografías se le arremolinaron en la cabeza: ahí estaban todos, padre, madre, Margarita, inspector, Cándido. Hasta su novia de toda la vida, la de su matrimonio fracasado, que creía enterrada para siempre, se animó a aparecer en sus últimos instantes.

Cuando las manos que sujetaban la cuerda le liberaron el cuello, el vómito salió disparado hacia el peninsular.

—¡Hijo de puta, me cago en todos tus muertos! ¡Mira cómo me has puesto el traje, cabrón! —gritó.

Pero García Gago no miraba, ni siquiera oía. La cabeza se le cayó hacia delante. El desmayo le ahorró verse enterrado en el fango de lágrimas, baba, sudor, orín, sangre que sus verdugos habían acabado sacándole del cuerpo.

Tampoco oyó el estrépito del cristal al saltar en pedazos las ventanas, la aparición de hombres armados en la estancia, los disparos que unos y otros intercambiaron. Ni vio caer al suelo el cuerpo acribillado a balazos del hombre de las patillas finas y largas, la sangre brotando de la cabeza del peninsular, el no disparen nos rendimos de los demás, los que lo habían invitado a pasear en su propio coche, le habían maniatado a la silla y ensogado el cuello.

Nada de eso oyó ni vio, ni tampoco el ulular de la ambulancia en su carrera hacia el hospital, ni ninguna otra cosa, hasta que al abrir los ojos se encontró con los del inspector Manuel Márquez, sentado en una silla junto a la cama en que se descubrió postrado, al abrir unos ojos que nada comprendían de lo que estaba pasando, que interrogaban, que suplicaban una respuesta.

—Estás bien, nada grave —se la dio el inspector—. En un par de días estás en la calle.

12

El otoño empezaba a imponerse en la ciudad. Hora era, a los calendarios pocas hojas les quedaban para agotar el mes de noviembre. El día amaneció gris, el cielo cargado de nubarrones oscuros, y las palmeras agitaban enloquecidas sus cabezas, como si los alisios acabaran de despertarlas de un prolongado letargo.

Cargado de nubarrones oscuros y de oscuros presagios, pensó García Gago, contemplando la escena desde el salón, cerrado por una amplia cristalera, de la casa de Manuel Márquez. De la batalla mantenida entre el inspector y Margarita por quedarse con él, a la que había asistido como invitado de honor pero sin voz ni voto, había salido vencedor el policía. Ya quisiera él estar cerca de su amiga en esos momentos, mejor sabría ella que nadie lamerle las heridas del alma, pero hubo de reconocer que las razones de Márquez ganaban en peso. Ir a casa de Margarita significaba ponerla a ella en peligro, exponerla a las fieras. Violar la morada de un inspector es otra cosa, más cuando se la imaginarían, y con razón, vigilada de día, de noche, por delante y por detrás.

Porque una lección había que sacar de lo sucedido, le había dicho Márquez: con los dos muertos y los dos detenidos no se había descabezado nada. El peninsular lo había dejado claro en su enfrentamiento con el patillas: «Ya sabes cuáles son las órdenes.»

Los señores, pues, obedecían órdenes. Eran unos mandados. Y a cuatro matones de esa calaña no los tiene en nómina un chiringuito cualquiera. La banal historia de una putita y su chulo había crecido hasta estallarles en las manos.

—A mí me estalló en la cara —había matizado García Gago cuando el inspector le hizo la observación.

Dos días de hospital fueron suficientes para reparar los daños. Por fortuna, no había fracturas, nariz y mandíbula habían resistido la paliza. Un par de puntos en el labio superior que no dejaría huella, le aseguraron, unas buenas dosis de relajante muscular y anti-inflamatorio para deshacer la fuerte contractura en el cuello, unas cuantas placas para comprobar que todo estaba en su sitio, y a casita.

—A la basura, no quiero volver a verla en mi vida —había contestado cuando le preguntaron qué deseaba que hicieran con su ropa.

El inspector se empeñó en no hablar del tema hasta después del alta, lo importante ahora era reponerse y otras excusas por el estilo argumentó, pero, lo adivinaba el detective, lo que quería era posponer el momento. Porque tenía delito, y lo sabían ambos. Una vez instalados en casa, no hubo motivos para más dilaciones:

—A ver, cuéntame cómo llegaron tus hombres hasta ahí —planteó el detective.

—Vamos a ver, José, lo que debes saber ante todo es que te hemos salvado la vida, ¿vale? Que si no llegamos a hacer lo que hicimos no estaríamos hablando aquí ahora mismo, sino velando tu cadáver, siempre que hubiera aparecido.

—Muy bien, muy agradecido —ironizó García Gago—. Dicho esto, cómo coño llegaron hasta la casa.

—Bueno pues, como tú, que eres más o menos de la profesión, te lo imaginas.

—Pues sí, me lo imagino, pero quiero que me lo cuentes tú, fíjate, me hace ilusión.

El inspector ofreció una cerveza y el otro la aceptó. Estaba claro que le costaba soltar prenda, y que buscaba tiempo para elegir las mejores palabras. Regresó de la cocina con dos latas y un cuenco con berberechos:

—Si el tipo de las patillas te había seguido ya una vez, tendría que volver a hacerlo, estarás de acuerdo conmigo en que eso estaba claro.

—Totalmente de acuerdo. Sigue.

—Esta gente son como son, saben lo que se traen entre manos, tarde o temprano te encontrarían, y eso era peligroso para ti.

—Y tú, que eres un alma bendita y que además me quieres un montón, no podías consentir que nadie me hiciera pupa, ¿verdad? Es que eres más bueno…

—¡Coño, José, teníamos que protegerte!

—¡Y una mierda! —estalló el detective, y enseguida se llevó la mano al cuello, del que aún no se había borrado del todo la marca de la soga.

—Cuidado, hombre, tranquilízate —intentó calmarlo Márquez—.

—Y si tanto interés tenías en protegerme, ¿por qué no los detuvieron cuando me asaltaron en el garaje, por qué no detuvieron el coche cuando estaba en marcha, antes de que me metieran en la casa?

—Joder, José, teníamos que saber dónde te llevaban, dónde estaba su guarida, compréndelo.

—O sea, lo que me imaginaba. Con los polis, piensa lo peor, seguro que aciertas. Me usaron como señuelo. Te importaba un huevo que me pegaran una paliza o que me mataran. Lo importante era pillar a los tíos, y a mí que me den por saco.

—No te lo tomes así, hombre, al fin y al cabo entramos en el momento apropiado. En cuanto vimos que la cosa iba a mayores, lo arriesgamos todo y entramos. Los tipos que te salvaron se jugaron la vida por ti, deberías estarles agradecido.

Y lo estaba. De buena lo habían librado. Agradecido, pero también indignado. Con el inspector, pero también consigo mismo, por meterse en camisa de once varas. Con la vida.

—Con el tiempo lo verás de otra manera, ahora estás demasiado afectado por todo lo que ha pasado —buscaba las paces el inspector.

—Me siento engañado, utilizado, Manolo. Me lo podrías haber dicho, me habría prestado a hacer de carnada. No entraba en mis planes ese comportamiento. Cuando nos vimos en el Valbanera, me pareció que podía confiar en ti plenamente —se fue tranquilizando García Gago.

—Yo también, y sin embargo me ocultaste que el dueño del chiringuito y tú son íntimos, ya ves cómo son las cosas…

El detective no pudo eludir una sonrisa al pensar en los policías que lo habían seguido, que sin duda habían degustado el rancho de Cándido muy cerca de él y habían sido testigos de las confianzas y risas que se traía con el cocinero. O sea, había comido aquel día bien acompañado, porque probablemente habían participado también en el festín los dos gorilas que lo asaltaron en el aparcamiento.

Pasadas las primeras explicaciones, aclaradas las cosas, terminada una cerveza y empezada otra, tocaba saciar la curiosidad del apaleado, entrar en detalles. Márquez le explicó que tenían montado un dispositivo de envergadura porque no sabían con qué se podían encontrar, pero sospechaban que algo gordo debía de ser: tampoco a él le había pasado desapercibido que si el tipo de las patillas, el mismo que aparecía en la foto con Florencia, había seguido a García Gago, no podía ser él el asesino. Cuando uno mata se esconde, se camufla, procura hacerse invisible. Dos hombres siguieron al detective desde el mismo momento en que abandonó la comisaría, donde Márquez le enseñó la foto y la carta. Al bajar al aparcamiento, tras el almuerzo en el Valbanera, uno de ellos lo siguió, mientras el otro esperaba aparcado a la salida, con el motor en marcha. Cuando el primero se dio cuenta de que lo atacaron y metieron en su coche, salió disparado a esperar, junto al compañero, a que saliera el R5. Pronto se dieron cuenta de que un Mercedes negro se había unido a la fiesta, y que al volante iba el mismo tipo de la foto entregada por el inspector.

Éste, desde su cuartel general, iba recibiendo noticias y dando órdenes. Cuando la caravana abordó la ruta del sur, los demás vehículos del operativo se pusieron en marcha: el primer coche fue sustituido por otro para no levantar sospechas, y ese otro por uno más. El destino final fue una zona de chalés en Maspalomas, casas rodeadas de jardín, distanciadas unas de otras: casas de ricos, resumió el inspector.

De inmediato acudió un comando del Grupo Especial de Operaciones de la comisaría del Sur, que había sido alertada nada más salir la caravana de la ciudad.

—Pensábamos actuar al llegar el coche a su destino, pero al meterlo en el garaje la cosa cambió. Era demasiado peligroso. Sin el efecto sorpresa, tu vida corría peligro —aclaró Márquez.

—Todo un detalle. Sigue contándome la peli, está super entretenida. Si lo veo en una de esas series de la tele, seguro que pienso que son unos exagerados. Todavía no me creo que haya sido yo el protagonista. Qué honor.

—Los guionistas de películas y los escritores de novela negra no necesitan exagerar, con contar lo que pasa en el mundo les sobra.

Los matones habían cometido un error, siguió el inspector

con su relato, al no dejar vigilancia en el exterior. El chalé tenía una sola planta por encima del garaje, fue fácil llegar hasta los ventanales. Al ver lo que estaba sucediendo dentro, se tomó la decisión ipso facto.

—Pues desde que empezaron a darme de hostias hasta que entraron llevaba un buen rato ahí dentro, ya se podrían haber dado más prisita.

—No te quejes, batieron el récord, o acaso te crees que algo así se improvisa.

Fue una pena tener que cargarse al patillas y al otro, justamente los que llevaban la voz cantante en el grupo, aseguró Márquez, porque ellos eran la fuente de información.

—Pero no quedó otro remedio. Si no llega a ser por los chalecos antibalas, dos de los nuestros los habrían acompañado al otro barrio. Los otros dos matones se asustaron tanto que ni echaron mano de la pistola, levantaron los brazos suplicando piedad. En estos momentos siguen interrogándolos, pero no espero sacar mucho de ellos.

—¿Quiénes eran mis amigos? —preguntó García Gago.

—Los dos han sido identificados. El de las patillas, un dominicano, limpio aquí pero buscado por la justicia de su país. Su especialidad, ya la has adivinado: proxenetismo, entre otros pasatiempos, ninguno de ellos aptos para menores.

—¿Su nombre?

—Freddy nosecuantos, ¿para qué lo quieres saber?

—Para cuando me apetezca cagarme en sus muertos.

El inspector soltó una carcajada que contagió al detective, y aprovechó el momento de distensión para destapar otra cerveza.

—¿Y el otro? Tenía una pinta de peninsular que no veas...

—Y lo era. Madrileño, para más señas. Un tal Ernesto Collado. Si tuviera que presentar un certificado de penales cada vez que quisiera comer, llevaría tiempo muerto de inanición. Ha pasado por chirona tres veces, no hay delito en el Código Penal que no haya probado.

—Un caprichosito, vaya.

—Más o menos. Un especialista que no está al alcance de cualquier bolsillo. Si como le oíste decir hay alguien que le da órdenes, nos encontramos ante un asunto de envergadura.

—¿Alguno de ellos violó a la chica?

—Estamos a la espera de lo que nos cuente el laboratorio. Pero me juego el pescuezo a que no. No tiene sentido.

—¿A qué crees que se dedican?

—Me juego otra vez el pescuezo, si es que no lo pierdo cuando llame el del laboratorio, a que controlan una red de prostitución del carajo. Prostitución y emigración, ya conoces la historia. Te prometo el paraíso y te traigo al infierno.

—Para que los hijos de puta como Miguel Bravo se diviertan.

—Exactamente.

—Y después de echar el polvo se reúnan con amiguitos de su misma calaña para despotricar contra moros, sudacas y negros.

—Exactamente.

—Y al rato limpien su pecado en el confesionario, antes de comulgar.

—Exactamente.

—Y después aplaudan cuando escuchan a Esperanza Aguirre decir que los emigrantes vienen aquí porque delinquir les sale muy barato.

—Exactamente, carajo, pero corta ya el rollo que me haces perder el hilo.

—¿Y qué va a pasar ahora?

—Pueden pasar dos cosas: o se retiran discretamente del asunto, porque saben que tras lo sucedido están al descubierto y andamos tras ellos, y no me extrañaría nada que así fuera, porque total, una putita más o una putita menos para ellos es como para ti y para mí una cerveza más o una cerveza menos…

—Sí, pero mira cómo intentaron saber qué había pasado. Tan igual no les daría...

—Claro, hombre, no se iban a quedar de brazos cruzados. Porque no contaban con lo que iba a pasar...

—Sí, que el pringao aquí presente no era un asesino, sino un señuelo.

—Venga, no me vuelvas con esas. Lo que te digo es que ahora que la policía se ha metido por medio, que han caído cuatro de los suyos, tendrán que pensarse bien lo que hacen. Si se la estuvieran jugando con otra organización mafiosa, fijo que había más sangre. Pero con la poli...

—O sea, que estoy fuera de peligro.

—De eso nada. Porque está la otra posibilidad. Que por alguna razón que aún desconocemos, vuelvan a actuar. Y ahí es donde hay que andarse con cuidado.

Las cervezas iban animando la conversación entre los dos hombres. Llegaba el momento de las especulaciones, del viaje al laberinto al que tan aficionado era García Gago. Cuando, unos días atrás, se dirigía en busca de su coche para ir al Valbanera, todo parecía sencillo. Ya se lo había olido él: demasiado sencillo. Al parecer, la realidad sí era tan complicada como en las jodidas novelas negras. Tan complicada que al monstruo le salían ahora dos cabezas; le planteó sus dudas al inspector:

—Entonces, si ellos no se han cargado a Florencia del Potro, ¿quién carajo ha sido?

—Esa es la pregunta del millón. Puede que los Bravo, puede que una banda rival, puede que alguien que no tenga nada que ver con eso.

—¿O sea?

—O sea, que, a lo peor, en el caso de la dominicana estamos ahora como al principio, partiendo de cero.

Y, al amparo de la confianza, contó el inspector Manuel Márquez al detective José García Gago lo ocurrido aquella noche en que fue asesinada Florencia del Potro, o mejor dicho lo no ocurrido, el velo blanco que se había levantado en su cerebro, el despertar plúmbeo, la cataplexia craneal, la francachela con el abominable y horrísono mastuerzo de las noches del puerto, descubierta a su paso por un café de mala muerte de camino a la calle Alfredo L. Jones. Todo le había contado, también su primera intuición que lo llevó a sospechar de todos los marineros del mundo y especialmente de uno que, sospechaba majaderamente, había bebido con él esa misma noche. Y al hacerlo sintió que se deshacía de un lastre, y bendijo la buena compañía del detective y eso que hacía tiempo llamaba amistad, en los años en que creía que el sustantivo algo significaba, cuando aún lo tenía colocado en buen lugar en eso que le leyó llamar en una ocasión a Saramago la jerarquía de las palabras.

En esa conversación, mantenida el día anterior, pensaba García Gago mientras contemplaba desde el salón de la casa del inspector Márquez cómo el otoño empezaba a imponer su ley en la ciudad, cuando sonó el teléfono, y la voz de su anfitrión le anunció la noticia:

—Agárrate, José: se han cargado al viejo.

—¿Al viejo?

—A Miguel Bravo. Degollado. En el pisito de la calle Cano.

El cielo cargado de nubarrones oscuros y de oscuros presagios, pensó.

13

El inspector Márquez había salido de casa temprano. Un coche lo esperaba en la puerta, porque no tenía intención de moverse de su despacho en toda la mañana y no iba a necesitar el suyo. En la larga conversación mantenida con García Gago, aderezada con cerveza y laterío, habían desmenuzado ambos el caso en que, más que nunca después de la paliza, andaban inmersos, hasta darse cuenta de que muchas puertas permanecían abiertas. Su intención era analizar los resultados de los interrogatorios a los dos supervivientes, ya en manos del juez; hablar con éste para coordinar los pasos a dar; seguir husmeando en el pasado de los matones que cayeron en el asalto; rastrear los caminos que llevan a los capos, que, había quedado claro, andaban detrás de todo esto; citar, que ya iba siendo hora, a los hermanos Bravo.

Craso error, eso de pensar que la jornada iba a ser de despacho. No tardaría en comprobarlo. Al llegar a Comisaría, lo esperaba la reunión de coordinación convocada el día anterior. La primera orden fue la de movilizar al ejército de confidentes infiltrados en la cara oculta de la sociedad y las buenas costumbres, en busca de cualquier información, —por nimia que pueda parecer, había recalcado— sobre Florencia del Potro, amistades si las hubiera, clientes, hábitos cotidianos, y hasta precio por servicio.

—Todo, quiero saberlo todo — ordenó a sus subordinados—. Especialmente en el sector emigración, y, más especialmente todavía, entre las americanas. ¿Alguna novedad sobre el chalé del sur? —se dirigió al subinspector Santana.

—Sí, jefe. La casa llevaba tres meses alquilada a nombre de unos extranjeros, de los que no hay ni rastro. Esfumados, ya sabe, cuando pagas por adelantado, y eso es lo que hicieron, lo demás le importa poco al dueño.

—¿Y el dueño?

—Un tal Francisco Ortega, propietario de varios chalés en el Sur y de una inmobiliaria que se dedica, fundamentalmente, a explotarlos.

—¿Lo han interrogado?

—Por supuesto. Está alucinado y acojonado. No para de repetir que no tiene nada que ver con esa gente, que en su agencia inmobiliaria le dicen que los inquilinos eran una pareja inglesa con muy buena pinta, de mediana edad y de apariencia inofensiva. Tenemos los nombres y los números de pasaporte. Ya hemos hablado con Londres: no existen, todo falso.

—¿Y el registro?

—Lo que le dijimos ayer: nada de nada. Como si nadie viviera ahí. Hemos hablado con todos los vecinos. Sólo uno de ellos nos ha dicho que ha visto un par de veces a alguien entrar en la casa, o mejor dicho, directamente en el garaje, con el coche. Seguimos trabajando en busca de huellas dactilares, lo mismo que en el Mercedes.

—¿Eso, el Mercedes negro?

—Más o menos por el estilo, jefe —tomó la palabra el subinspector Morote—. Número de serie limado y matrículas falsas. Probablemente corresponda a uno robado hace un año a un empresario de Telde, aunque por entonces era blanco.

Lo dicho: se trataba de gente organizada, con experiencia. Nada de chapuza, trabajito fino —meditaba el inspector cuando sus planes para el día se fueron al garete:

—¡Jefe! —entró sin llamar a la puerta un oficial uniformado— ¡Ha aparecido un cadáver en un piso de la calle Cano! Aún no ha sido identificado, pero…

—Se llama Miguel Bravo, y es empresario —respondió Márquez, levantando un susurro de sorpresa y admiración entre los presentes.

—¿Qué hago, jefe? —quedó boquiabierto el mensajero.

—Prepara un coche. Salimos dentro de diez minutos.

Sí, habían actuado de nuevo, destrozando sus previsiones. El rompecabezas se complicaba, el enemigo plantaba cara.

Tras dar las últimas órdenes, disolvió la asamblea y regresó a su despacho. Lo primero era llamar a García Gago. El hombre se quedó mudo al otro lado del hilo telefónico:

—¿Al viejo? —se limitó a preguntar.

—A Miguel Bravo. Degollado. En el pisito de la calle Cano.

Ya no tenía sentido el trato cerrado con García Gago. Muerto el viejo, su relación con los hermanos quedaba definitivamente cancelada. Pero le pediría, decidió, que fuera su colaborador en este asunto. Después de todo, él era quien le había enseñado el camino, y también quien lo había llevado, a su pesar, hasta el escondrijo. Gracias a él habían caído cuatro elementos de la banda. Razones de sobra para contar con él, a la que debía añadir una más: la buena onda que circulaba, en ambas direcciones, entre los dos.

Se le ocurrió una idea, y volvió a marcar el número de su casa:

—José, llama a los hermanos Bravo. Diles que has decidido olvidarte del caso y queda con ellos esta misma mañana en tu despacho para liquidar la minuta.

—Coño, Manolo, que acaban de cargarse al padre. ¿No sería más propio darles el pésame? —se resistió García Gago.

—Justamente, quiero saber si están enterados o no, y cuál es su reacción.

—Oye, no habíamos quedado en que...

—Tranquilo, que te voy a seguir necesitando, lo prometido es deuda. Pero si han matado al padre, no pretenderás que sigan contando contigo para nada.

—También es verdad. Llamo y te cuento.

—Estoy en el móvil, salgo pitando para la calle Cano.

Imposible pensar durante el trayecto, pero eso ya estaba previsto. Siempre le ocurría: la mente estaba ocupada con una única obsesión, la del momento de enfrentarse al cadáver. Entre todas las muertes posibles, y ya pocas les faltaban en el repertorio atesorado a lo largo de años de profesión, la producida por degollamiento era la que peor llevaba. El examen del corte en el cuello, su profundidad, el tamaño, era cosa que muchos, lo sabía, dejaban en manos del forense, pero que su meticulosidad profesional lo obligaba a estudiar de cerca. Lo más duro era la visión de la cabeza semi desprendida del resto del cuerpo, la expresión de terror que invariablemente quedaba impregnada en el rostro de la víctima, la abundancia de sangre vertida.

Para él, no era sólo cuestión de analizar detalles que pudieran añadir información sobre lo sucedido. También una manera, adoptada en sus primeros pasos de policía, de endurecerse, de espolear la animadversión contra el asesino, a partir de ese momento el enemigo. *Su* enemigo.

Cuando estuvo delante del cuerpo inánime de don Miguel Bravo, pudo sin embargo comprobar que lo peor estaba por descubrir. Las huellas de tortura delataban por todo el cuerpo un final atroz. Quemaduras hechas probablemente con un cigarro le habían dejado la piel moteada de manchas negras. Una vez consumada la emasculación, los testículos habían sido depositados sobre el pecho del cadáver, como quien deja un mensaje a quien lo quiera leer.

Al taparle la boca con una mordaza, habían evitado que los aullidos del empresario alertaran al vecindario.

El desayuno amenazó con abandonar el cuerpo de Manuel Márquez. Retuvo las arcadas hasta llegar al pequeño balcón que daba a la calle Cano. La bocanada de aire fresco logró contener, por el momento, el vómito.

Los transeúntes iban y venían por la coqueta calle comercial, entraban y salían de los comercios, paseaban unos su ocio, otros su estrés, ajenos todos a la tragedia que, unos metros más arriba, tenía ocupada a media docena de hombres.

Todo ocurrió en el mismo dormitorio en que Florencia del Potro le había regalado las últimas alegrías. A ambos lados de la cama de matrimonio, las mesas de noche parecían formar parte, más que de un lugar de paso, de un hogar. Sobre una de ellas, dos libros, sobre la otra, unas revistas. Los cajones, que el inspector pensó encontrar vacíos, no lo estaban. Supo cuál pertenecía a Miguel Bravo por la caja de Viagra. También había ahí unos billetes, hasta sumar setenta euros, un reloj, un pastillero con píldoras de tamaños y colores varios que, supuso Márquez, debían de ser el paliativo de sus achaques.

En el cajón de Florencia, un bloc de notas en blanco, un bolígrafo, un par de coleteros y un bote de crema hidratante.

El mobiliario del salón no era de los que se encuentran en los consabidos hipermercados del mueble. No se había mostrado cicatero el empresario a la hora de adornarle el nido a su gorrión. Muebles cómodos, de diseño, treinta y cuatro pulgadas de televisión de plasma, DVD, *home cinema*. Más de lo mismo en la cocina y, en la habitación que completaba la casa, un vestidor lleno de coqueterías entre las que no faltaba —caprichitos del viejo, pensó el inspector— lencería fina diseñada para levantar los ánimos al machito que se le pusiera delante.

—El hombre lo tenía todo dispuesto para retener a la muchacha en el piso —murmuró Manuel Márquez—. Uno no se gasta una fortuna en mobiliario para echar un polvo y seguir su camino —siguió reflexionando, ya en silencio.

En esa misma estancia, un buró elegante, cerrado con un tablero que servía de escritorio. Intentó abrirlo, estaba cerrado con llave. La encontró rebuscando en los cajones instalados en hileras a ambos lados del mueble. Se sentó en la silla forrada con cuero verde enmarcado en filigranas doradas. Unos pequeños estantes y más cajones adornaban el interior del buró.

—Habrá que ver todo esto con calma— farfulló el inspector, pero se le fueron los ojos hacia una carpeta con las siglas de una conocida agencia de viajes. Catálogos de crucero, presupuestos a su nombre para viajar en diciembre: todo parecía dispuesto para unas vacaciones en el mar.

Tiró de los cajones interiores. Todos cedieron, menos uno que se negaba en redondo. La búsqueda de la llave resultó esta vez infructuosa.

Abrió el mueble bar del salón: Chivas, Matusalem 15 años, vasos de cristal tallado. Todo en aquella casa parecía estar ahí para impresionar por la vía del lujo.

Empeño por retener. A falta de otros encantos, el dinero es a menudo aliado del amor.

—Jefe —lo sacó de sus elucubraciones un agente—, la señora de la casa de al lado ya está mejor. Si desea hablar con ella…

Embutida en un sillón, asistida por dos enfermeros requeridos por la policía, una mujer que debía de andar por los ochenta parecía recién regresada del más allá. Sostenía en su mano derecha un vaso de agua que acercaba de cuando en cuando a los labios, en un recorrido lento y vacilante. Interrogó con la mirada a los enfermeros.

—Está mejor —aseguró uno de ellos—. El empujón que le dieron al salir no la llegó a tirar al suelo. Lo peor ha sido el susto. La taquicardia está controlada y, después de la pastillita, la tensión ha vuelto a su sitio. Está dispuesta a hablar con usted.

El inspector acercó una silla hasta la anciana y le tomó la mano. La imagen de su madre pasó, fugaz:

—¿Qué tal, Julia?

—Mejor, señor inspector. Vaya susto, Dios mío, vaya susto. ¿Lo han matado, verdad?

El policía asintió con la cabeza.

—Claro, ya me lo imaginaba yo, con tanta sangre…

—Cuénteme, Julia, ¿cómo fue la cosa?

—Pues mire usted —la mujer tendió el vaso a un enfermero, como si las manos le resultaran indispensables al relato—, yo salía, como todas las mañanas, al supermercado que tenemos aquí debajo. Y al pasar delante de la puerta de este señor, que si quiere que le diga la verdad, ni de nombre lo conozco porque él, correcto y educado sí que era, pero discreto más todavía. Y sus razones tendría, sabe usted, porque venía a diario, pero acompañado de una chica monísima que su mujer no era, y su hija tampoco, usted ya me entiende.

No era cuestión de pedirle a la mujer que fuera al grano, asumió el inspector que le tocaba armarse de paciencia.

—¿Y al pasar delante de la puerta? —intentó atajar.

—Pues escuché unos ruidos muy raros. Como gemidos, y voces, y como si golpearan o arrastraran muebles. Muy raro, muy raro… así que pegué el oído a la puerta, no vaya usted a pensar que yo soy de esas a las que les gusta meter las narices en la vida de las demás, ni hablar, lo que pasa es que aquello sonaba tan raro y tan feo que pensé que el hombre se encontraba mal. Y de repente, dejaron de escucharse los gemidos, se hizo un silencio absoluto. Bueno, algunas voces, como susurros, creí yo escuchar, pero tampoco estoy segura, porque de lo nerviosa que me puse, me quedé ahí parada sin saber qué hacer.

—Y fue entonces cuando salieron ellos.

—No, lo que pasó es que yo me quedé pasmada, más quieta que una momia, preguntándome si debía tocar a la puerta o no, para saber si necesitaba ayuda. Pero claro, y si estaba ahí la lagarta…, bueno, la lagarta le dicen los vecinos pero a mí de verdad que no me parece bien, porque cada uno sabe lo que hace con sus cosas, ¿verdad, señor inspector?, que como ya le he dicho, yo no soy de esas…

—Desde luego, Julia, desde luego —cortó con suavidad el discurso Márquez—. Y entonces qué, ¿llamó o no llamó?

—Pues sí, mire, me armé de valor y llamé al cabo de unos minutos, con los nudillos de los dedos para no molestar, y al mismo tiempo, para que quedara claro que no iba de entrometida, preguntando si estaba bien y si necesitaba algo. Entonces sí que escuché unas voces dentro, casi unos gritos, y unos pasos, y la puerta se abrió de repente y salieron tres hombres como castillos, oiga, y me pegaron un empujón que casi me caigo, gracias que fui a parar contra la puerta del ascensor. Vaya susto, señor inspector, vaya susto me llevé, en la vida me ha pasado nada igual —acercó la mujer una mano temblorosa al enfermero, y éste encajó en ella el vaso de agua.

—¿Les vio usted las caras? —esperó el inspector a que dejara de beber.

—Vérselas, se las vi, pero ahora mismo como que se me han borrado de la cabeza. Porque al ver que se desentendieron de mí y bajaron como locos las escaleras, nada más oír que cerraban el portal de la calle me atreví a entrar gritando como una loca caballero, caballero, y el caballero que no contestaba, Dios mío, cómo iba a contestar si el pobre estaba tiradito en la cama, como Dios lo trajo al mundo, con un sangrerío que no se me va a olvidar en la vida, señor inspector. En la vida —repitió para sí—. Como que se me ha quedado grabado aquí —se llevó el índice a la cabeza— y esto no se me borra más nunca, como para acordarme de la cara de esos monstruos, si es que no me cabe en esta cabecita más que ese hombre en su cama, y toda esa sangre —sollozó la anciana, mientras con una mirada uno de los enfermeros le hizo comprender al inspector que procedía dejarla descansar un rato, no fuera a ser que la agitación y la visión macabra le volvieran a disparar la tensión.

Márquez le acarició la cabellera de plata y le besó la mano:

—Muchas gracias, Julia, y a descansar, que lo va a necesitar —y, adivinando el miedo en su mirada-: no se preocupe usted que esos por aquí no vuelven, porque hasta que los cojamos tendrá usted a la policía vigilando esta casa de día y de noche.

De regreso al piso de don Miguel, se topó con el forense:

—Menudo panorama —hizo una mueca el médico.

—Y que lo diga. Un trabajito recién hecho, por lo que cuenta la vecina. Por cierto, no deje de echarle un vistazo, se ha llevado el susto del siglo, y su corazón no está ya para esos trotes.

El timbre del móvil interrumpió la conversación:

—Manolo, ya estoy en mi despacho, dentro de diez minutos tengo aquí a los hermanos Bravo —anunció la voz de García Gago—. Por lo que se ve, no tienen ni idea de lo que ha pasado.

—Mejor para ellos, José. Mucho mejor —sentenció el inspector

14

María Elena acudió sola a la cita. Supuso García Gago que no había estimado conveniente lastrar la negociación con la presencia del hermano, hombre demasiado tosco para una clase social en que la mayor virtud es la salvación de la apariencia, la ocultación de las miserias humanas tras la cosmética de los modales y los principios, el maquillaje del rostro y del espíritu, el mantenimiento inequívoco de las distancias.

Agradeció García Gago que la hija Bravo mostrara respeto por su inteligencia yendo directamente al grano, evitándole el repulsivo trance de escuchar lo que le tenía que decir bajo el camuflaje de esa doblez que, de tanto haberla padecido en sus años mozos, había terminado por aborrecer.

La práctica social del halago zalamero en presencia, y de las más crueles críticas en ausencia; los comentarios de lo más granado de la sociedad, que parecían nacer de lo peor de la especie humana, en los que se entremezclaban las convicciones racistas con los delirios elitistas, los desvaríos autoritarios con la moralina más abyecta, la certidumbre de su superioridad con la de la inferioridad del resto de la humanidad; el empeño en reafirmar todo ello, como seña irrebatible de identidad, con una vestimenta diseñada a la altura de sus sueños de grandeza, y hasta el tono mismo, almibarado, cantarín y falaz con que unos y otros se dotaban para celebrar los encuentros, le habían hecho huir como de la peste bubónica de un ambiente en el que, se repetía a sí mismo, nunca debió haber nacido.

Sabía de lo que hablaba, lo había aprendido en su propia casa. A ese club pertenecían, desde el principio lo habían dejado claro, los Bravo, y algo debió de intuir María Elena sobre los orígenes del detective, con el olfato propio de su estirpe, porque le habló con la franqueza que sólo se derrocha con un igual:

—Don José, ya sabe a qué he venido. Todas las clases sociales tienen sus reglas, y la mía, como bien sabe, más que ninguna. Para nosotros, tener un expediente de conducta intachable es imprescindible. Podrá parecerle una mezquindad pero, en realidad, no es más que una manera de protegernos: tenemos todo un mundo a nuestro alrededor, con los de nuestra clase a la cabeza, esperando la menor oportunidad para lanzarse a nuestro cuello. Los errores, entre los nuestros, se pagan caro. Todos somos humanos y podemos equivocarnos, pero nosotros no nos lo podemos permitir, y si lo hacemos, lo que procede es borrarlos. Eso tiene su precio, lo sé, y a pagarlo he venido.

García Gago permanecía en silencio, impasible, sin desviar su mirada de la de su interlocutora. Así le gustaba que fuera el trato con esa gente: cara a cara y sin tapujos, sentados a la misma altura —y pasó por su mente la imagen patética de aquel presidente del Cabildo Insular cuya primera decisión, apenas aupado al poder, fue la de elevar la mesa desde la que ejercía sus funciones en el Pleno medio metro por encima de los demás cargos electos, para dejar claro quién era y de dónde procedía.

—Usted ha hecho su trabajo con total corrección. Nos ha aportado la información que le reclamábamos con profesionalidad y discreción, y mi hermano y yo le estamos muy agradecidos. Pero las cosas han ido tomando un rumbo inesperado. Ya sé que lo fácil es pensar que nosotros estamos detrás de la muerte de esa señorita, y si la policía conoce la relación de mi padre con ella va a ir a por nosotros. Le juro por lo más sagrado que nada tenemos que ver con eso. No necesitábamos para nada llegar a esos extremos. Nuestros planes eran otros. Una vez localizada, teníamos pensado pedirle a usted que mediara entre esa mujer y nosotros: con una buena suma de dinero, estamos seguros de que habría dejado en paz a mi padre. Si la policía se mete en esto, al final la inocencia de mi padre quedaría demostrada, pero el daño estaría hecho. Y ese daño, don José, es algo que no nos podemos permitir, le repito. Y estamos dispuestos a pagar por evitarlo. He venido a abonarle su minuta, pero también a ofrecerle un plus para que usted nos evite, a mi madre, a mi padre y a nosotros un disgusto inútil, porque como ya le he dicho, ese crimen no tiene nada que ver con nosotros. No hay ninguna necesidad de que la policía sea informada de la relación entre Florencia del Potro y Miguel Bravo, don José.

Había soltado su perorata sin pestañear, con la seguridad de quien se siente por encima del bien y del mal, porque posee el dinero suficiente para poder permitírselo.

Eso era lo que más le molestaba de aquella gente: la prepotencia que su fortuna alimentaba. Se le coló sin embargo en el desprecio hacia la persona que tenía enfrente un sentimiento de pena, porque sabía que detrás del muro que había elevado entre ella y el resto del mundo existía un corazón que iba a quedar destrozado en cuanto supiera que su padre había sido degollado en la misma casa en que, antes, había gozado, y quizá también amado.

Se pasó la mano por los ojos cerrados, como quien medita una decisión trascendental, antes de responder:

—¿De cuánto estamos hablando?

—Habíamos pensado, mi hermano y yo, en dieciocho mil euros; minuta aparte, claro.

Lo dijo con la seguridad de quien, más que hacer una propuesta, está comprando voluntades a un precio irrechazable.

García Gago no bajó la mirada durante el silencio que interpuso entre la oferta y la respuesta.

—Mire, María Elena Bravo —omitió el doña con intención—, lo primero que le pido es que no cometa el error de interpretar lo que le voy a decir como un intento de que supere el precio que pretenden su hermano y usted pagar por mi silencio. Porque si lo hace, tendrá que abandonar este despacho de inmediato. Yo creo firmemente que no fueron ustedes quienes encargaron el asesinato de la amante de su padre. No porque no desearan su muerte, que la deseaban, y fervientemente; no por principios morales, porque eso a la gente como ustedes sólo les sirve para exhibirlos delante de una hostia consagrada. No, ustedes no mandaron matar a Florencia del Potro por miedo, no por miedo al infierno ni al arrepentimiento, sino a terminar con sus huesitos en la cárcel. Si la impunidad que creen merecer hubiera estado garantizada, ya lo creo que lo habrían hecho.

El semblante de María Elena se fue transformando, para gozo del detective: la huella de la atrabilis se le dibujaba en el rostro.

—Si decido hablar o no con la policía, señora, es cosa exclusiva de mi conciencia, y mi conciencia no está en venta. Ustedes deben saber que su dinero no lo puede comprar todo. Y desde luego, para comprarme a mí no les sirve en absoluto. Así que haga el favor de extender un cheque por la cantidad que lee usted aquí —le extendió la factura con sus honorarios—, ni un céntimo menos, ni un céntimo más. Con ello queda cancelado nuestro contrato. Le agradezco mucho que haya contado con mis servicios, y me alegro de que se sienta usted satisfecha con ellos. Ya sabe dónde me tiene para lo que necesite —se levantó mientras recibía el talón de manos de su clienta.

Una mirada de odio desveló la verdadera naturaleza del alma de María Elena Bravo; un portazo, la dimensión de la ofensa padecida.

Un sabor agridulce impidió al detective disfrutar plenamente del encontronazo. Sí, se había sentido a sus anchas ante la mujer, no le había costado soltarle lo que sentía, y estaba satisfecho consigo mismo. Pero no del todo, porque conocía la noticia que la esperaba de vuelta a casa.

Menos aún cuando, al llamar a Márquez para contarle su entrevista, entró éste en detalles.

—Ya hemos llamado a la casa, imposible demorarse más. Hablamos con el hijo.

—¿A qué hora fue eso?

—Hace media hora por lo menos.

—Pues no la llamó al móvil.

—Quizá no lo llevara encima…

—De otra cosa, puede que sí, pero del móvil no se separa esta gente ni loca.

—Tampoco son cosas para contar por teléfono.

—Puede ser…

—Tenemos que vernos. Todo esto me tiene aturdido. A ver si nos aclaramos las ideas.

—Hoy es viernes. En el Valbanera toca menú negro.

—Pues mejor no podía venir.

Quedaron a las dos en *Ca'cándido*, como llamaban al lugar los incondicionales. Tenía un par de horas por delante, y también él necesitaba poner orden en sus cosas. La descripción del crimen que le acababa de detallar el inspector le había dejado el cuerpo cortado, y un resabio a miedo lo hizo levantarse del asiento y echar el pestillo de la puerta del despacho. Cambió su intención de tomarse una cerveza frente a la playa por colmar su sed en la seguridad de la casa.

Esa gente era capaz de todo, pensó, de quitarse de en medio

como había vaticinado el inspector, nada. Apagó la luz y se conformó con la que dejaban entrar, desde la ciudad oscurecida por la repentina caída del otoño, las persianas a medio cerrar. Se refugió, con la lata de cerveza ya destapada en la mano, en la Suite en La del José García Gago que querría haber sido, con quien sin dudar habría intercambiado oficios.

Recostado sobre el amplio sillón giratorio que le había regalado Margarita —tengo que llamarla, dejó que se colara entre sus pensamientos, debe de estar preocupada por mis heridas y ofendida por mi silencio—, pensó en María Elena. Había sido cruel volcar sobre ella la aversión que sentía por su medio. Sabía bien que, al hacerlo, no sólo se revolvía contra ella, también contra su propia familia, contra sí mismo y sus años encerrados en principios y actitudes que jamás logró hacer suyos. Contra, dilo con nombre y apellidos, murmuró, su padre. La sumisión al camino por éste trazado, embarcarse en unos estudios que no iban con él, plegarse a la imposición de la boda con la novia de toda la vida, la separación entre dos desconocidos que se dijeron adiós con cara de tontos arrastrados por voluntades ajenas, eran imágenes que regresaban inevitablemente cuando la melancolía lo visitaba. Y el puñetazo que dio en la mesa, barrida la cristalería fina por su mano repentinamente liberada de las cadenas de un padre que, atónito, furioso, indignado asistía impotente a la rebelión del único y manso hijo que la vida le había dado.

Una única vez lo volvió a ver, en el entierro de su madre, y ninguno de los dos se acercó al otro, porque nada tenían que decirse. Si seguía vivo o no ni lo sabía ni le importaba, tal era la decisión con que había cerrado el primer capítulo de su vida, el de la infamia, lo solía llamar.

Quizá, pensó, era su padre uno de esos amigos de don Miguel Bravo con quien compartía tertulia en el Círculo Mercantil; uno de los que, cumplidos los trámites de la autopsia, lo acompañaría en su último paseo por la ciudad de la que ambos, y otros como ellos, se creían dueños.

Miguel Bravo. Quién iba a decirle que su romance iba a terminar convirtiéndose en una trampa mortal. Mortal y horripilante. Tanto ensañamiento debía tener una lectura, y había que ponerse a descifrarla. Detrás del espantoso crimen había un mensaje, y la emasculación lo subrayaba. Ojalá el corazón del viejo se diera por vencido con las primeras torturas, deseó, y se hubiera ahorrado la capadura.

Los amoríos con Florencia lo habían llevado a un terreno ajeno al suyo. En esta sociedad dividida en compartimentos estancos, cada cual con sus leyes, cada cual con su lógica interna, no se cruzan las fronteras impunemente.

Algo había oído hablar sobre la emasculación. Algunas culturas la practicaban por motivos religiosos, pero no encajaba aquí un mensaje de ese tipo. Muchos ejércitos de la antigüedad sometieron a esa tortura a los enemigos apresados, con la intención de humillar unas veces, y otras para impedir la reproducción. En el caso del empresario, se sumaba a la humillación la advertencia, dedujo García Gago, y un escalofrío le recorrió el bajo vientre al pensar que bien podían tenerlo en lista los verdugos de Miguel Bravo, si como —le había quedado claro entre hostia y hostia, en el chalé del Sur— lo culpaban de la muerte de Florencia.

Se levantó a por otra cerveza para evadirse de la desagradable sensación que seguía rondando sus partes pudendas.

Tampoco le gustaría estar en la piel de Miguelito Bravo, otro que debían tener enfilado los carniceros de la calle Cano, se inventó un titular para la prensa del día siguiente.

—Aunque ojo, detective, no te olvides de las reglas de oro —empezó a hablar solo, señal de que se había metido de lleno en el tema—. Nada de borrar a los Bravo de la lista de sospechosos: los primeros interesados en que desapareciera la niña eran ellos. ¿Y al padre, habrían sido capaces de cargárselo? Con sus propias manos no, pero por encargo... ¿Y por qué? Eso ya se verá —siguió con su juego de preguntas y respuestas— ¿Y así, de esa manera, a lo bestia? Si la intención era desviar la atención hacia otros, no había mejor manera.

¿Y por qué?, regresó la preguntita. No había más respuesta posible que una: dinero. ¿Había decidido el viejo, enloquecido por la muerte de su amada, darle un destino disparatado a su fortuna? ¿O, sospechando de unos hijos cuya pasión por el dinero debía de conocer mejor que nadie, optado por dejarlos sin blanca?

Había abordado esa posibilidad para guardar las formas ante el manual del buen detective, pero, una vez cumplido el requisito, decidió volver a rondar otros lares.

No, decididamente, los hermanos Bravo no eran los asesinos de Florencia, menos aún de su padre, dio esa puerta por cerrada. De momento, al menos.

Cuatro sicarios en la casa del Sur, más los del el piso de la calle Cano —todo un batallón—, chalé alquilado, Mercedes, armas, violencia desmesurada, todo olía a mafia, al desembarco del Padrino en las islas. Algunas mafias se especializan en un ramo, otras diversifican los negocios. Con cuál de ellas se estaban viendo las caras, no lo sabía, pero lo que estaba claro era que en el asunto de la prostitución estaba metida hasta el cuello. Prostitución y emigración, la doble cara del negocio, renovado en una nueva y más lucrativa dimensión desde que las hordas extranjeras arribaban a nuestras costas, por usar la terminología más que probable de Miguel Bravo.

Con saber que estaban ante una organización criminal no se solucionaba el problema. Había que tirar del hilo, antes de que la cometa echara a volar. Recordó García Gago las palabras del inspector:

—Lo que te digo es que ahora que la policía se ha metido

por medio, que han caído cuatro de los suyos, tendrán que pensarse bien lo que hacen. Si se la estuvieran jugando con otra organización mafiosa, fijo que había más sangre. Pero con la poli…

Pues sí, sentenció, eso es lo que está pasando, que creen que otra organización mafiosa se la está jugando. Que les están disputando el territorio, y que los Bravo, y también un servidor, están en el bando enemigo.

Y quizá no les faltara razón, la hora de la cita con Manuel Márquez se acercaba, había que ir cerrando el capítulo. Quizá fuese otra mafia la que se cargó a Florencia, pero lo de que los Bravo formaran parte de ella era otro cantar.

Demasiada madeja para desenredar en solitario, salió al encuentro del inspector. Miró a derecha e izquierda antes de alejarse del despacho. Fuera ya de la zona peatonal, lo esperaba Martín, su taxista y cómplice, a quien acababa de llamar.

—Al Valbanera, compañero.

—¿Dónde te habías metido, hombre? ¿A quién seguimos hoy?

—A nadie. Hoy voy de señorito. Arranca y te voy contando. Y prepárate, que vas a alucinar por un tubo.

15

—Muy buenas tardes, señores, ¿van a almorzar? —se esmeró el patrón del Valbanera en desempeñar su papel al gusto de García Gago, al verlo entrar con el inspector.

—Ya puedes ser el de siempre, Cándido, el señor Márquez nos ha pillado el truco. Y sí, vamos a comer, pero antes nos pones dos de esas, por favor —señaló el grifo de cerveza.

—Vaya. Va a ser verdad eso de que la policía no es tonta —sonrió el cocinero, tendiendo la mano al inspector—. Vaya la que se ha armado —inclinó la cabeza en dirección a la calle Cano.

—¿Ya te has enterado? —se interesó el detective.

—Yo y el barrio entero. Con todo lujo de detalles, además, si es verdad lo que cuentan. Porque lo de los… — dirigió la vista por debajo de su cintura—, ¿es cierto?

—No te han engañado, ya veo que las noticias vuelan.

—Las malas sí, de toda la vida —colocó el patrón dos cañas sobre la barra.

La vecina no había tardado en colgarse del teléfono, pensó el inspector, y acertó. Desde que el forense concluyó su visita y despachó a los enfermeros, se lanzó sobre el auricular y tardó un par de horas en soltarlo. No era cuestión de desperdiciar una exclusiva como esa, con el valor añadido de haberla vivido en directo. Aunque algo se le fue la mano en el relato, especialmente con relación al empujón y a lo providencial de su intervención para ahuyentar a los asesinos —como si con ella al pobre don Miguel le hubiera evitado algo peor—, el inspector y el detective constataron que, en lo esencial, la versión que recorría las calles del barrio coincidía con la realidad.

—La bullabesa de Fabio Montale, el personaje marsellés del gran Jean Claude Izzo —respondió Cándido a la pregunta de su cliente predilecto, extendiéndose en los detalles del origen y del autor para impresionar al inspector.

—¿Y de segundo? —osó preguntar el detective.

—¿De segundo? —se indignó el cocinero—. ¿Acaso te comes tú un segundo después de un caldo de pescado, por ejemplo, ignorante?

—Era una broma, hombre, como si yo no supiera lo que es una bullabesa —mintió el amigo, arrastrando a Márquez hacia una mesa del fondo—, mira, ¿y qué vinito nos vas a dar con la bulla esa?

—Clipper de fresa te daba yo a ti si no fuera porque la compañía no se merece semejante castigo. Aléjate de mi vista, anda…

No había lugar a preámbulos, y entraron a saco en el caso Del Potro/Bravo —así lo catalogó el policía—. Primera discrepancia de García Gago:

—Yo los pondría, de momento, en carpetas diferentes, hasta no estar seguro de los vínculos entre uno y otro.

—Mira, José, podemos aceptar la posibilidad, por aquello de que en este oficio nada se puede dar por seguro sin pruebas sólidas, de que el o los asesinos de Florencia no tengan nada que ver con los de Miguel Bravo. Lo dudo, pero bueno, cosas más extrañas se han visto. Ahora, de lo que no me cabe ninguna duda es de que la muerte de ella haya provocado la de él. Y lo que te pasó a ti nunca hubiera ocurrido sin el crimen de la calle Alfredo L. Jones. ¿Estamos de acuerdo?

—Pues sí —aceptó el detective—, me temo que está más claro que el agua.

—Por lo tanto, debemos guardar los dos casos en una misma carpeta. O las dos subcarpetas en una misma carpeta, si lo prefieres —captó García Gago que el inspector se estaba lanzando por el camino del razonamiento deductivo, y optó por no interrumpirlo más—. Pero vayamos por partes. Supongo que podemos dar por hecho que la gente que fue a por ti es la misma que se ha cargado a Miguel Bravo. Posiblemente te consideraran el autor del asesinato de Florencia y querían sacarte información antes de matarte. Si te vieron con los hermanos Bravo, no creo que la información fuera sobre los comanditarios: eso lo debían de tener claro. Algo más necesitaban saber, y probablemente, de habértelo sonsacado a ti, no hubiera sido necesario matar a don Miguel, o al menos, torturarlo.

El detective alzó los hombros como para pedir excusas al difunto, mientras llenaba los vasos de un blanco seco de Lanzarote, recomendación de Cándido para la ocasión. El local se había ido llenando, y no le pasó desapercibido al inspector lo pintoresco y variado de la concurrencia.

—Se nota que toca menú negro —barrió con la vista el local—. Tú tranquilo, el que se metió en este berenjenal fue él —reparó en el gesto de García Gago—. Algo me dice que cuando sepamos qué es lo que tanto les interesa saber como para torturar a un anciano de esa manera, habremos dado un paso de gigante. Todo esto me huele a una de esas mafias que se dedican al tráfico de mujeres a las que traen hasta aquí con la promesa de un empleo que resulta ser el que ya sabemos. Ahora bien: siempre, siempre, esas mafias nacen con dos patas, una en su país de origen y otra aquí. Sin una organización que les dé cobertura in situ, no hay nada que hacer, así que habrá que buscar en dos direcciones. La Unidad de Emigración está detrás de varios casos de redes emigrantes-prostitutas, ya estamos coordinándonos para ver si compartiendo información sale algún dato interesante. Mañana nos vemos los dos inspectores jefe con el juez, que quiere seguir de cerca todo esto.

—¿Y qué tal con el juez —se interesó el detective—, suele dar mucha lata?

—En principio no, hace su trabajo y siempre te aporta algún dato interesante, alguna opinión útil para la investigación. Ten en cuenta que suelen estar curtidos en estas lides, y han visto de todo. Lo mejor es la perspectiva, José, como todo en la vida. Nosotros miramos las cosas desde una perspectiva, y ellos desde otra. Quiero decir que lo que se le escapa a uno, igual el otro lo pilla. Así que bien. Cuando se ponen un poco pesados es cuando tardan en llegar los resultados y empiezan a presionar. Esta mañana, cuando acudió para el levantamiento del cadáver, casi le da algo, y al secretario ni te cuento; la mano le temblaba mientras levantaba acta.

Una bocanada de Mediterráneo anunció que el patrón, sopera en mano, estaba en camino. Del recipiente se elevaba, envuelta en trenzas de humo, una mezcolanza de aromas del Mare Nostrum que parecían traídos por el mistral y la tramontana hasta Casa Cándido, compendio de lo mejor del mar, salmonetes, mero, congrio, gambas y lo mejor de aquellos campos, tomate, naranja, limón, ajo, perfumado todo con hinojo, laurel, tomillo y, claro, un buen vaso de vino blanco.

El patrón se movía como un Dios entre las mesas, desde las que ojos brillantes de fascinación y envidia se volvían hacia los primeros en ser servidos:

—La bullabesa de los señores…

—Nos rendimos a tu arte, maestro —recibió García Gago al cocinero—, eres lo máximo, el no va más. Un monumento a la…

—Bueno, siendo así, te perdono lo del Clipper de fresa —tomó de las manos del camarero que seguía sus pasos una nueva botella y la deslizó con habilidad entre las piedras de hielo de la cubitera en que yacía la primera, boca abajo, cadáver.

Cadáver recién levantado, como el de don Miguel Bravo, a tan solo unos metros del plácido rincón en que un loco de la novela negra sacaba de ésta las recetas que devolvía, hechas suculenta realidad, a sus clientes. Pero esto no se trataba de una novela, y el cuerpo que habían sacado del edificio, cubierto en sábanas, era el de un hombre de carne y hueso, un cuerpo maltratado y mutilado que había querido disfrutar más de lo que le correspondía, y sobre todo con quien no debía. El inspector le había comentado a García Gago, mientras apuraban sus cervezas en la barra del Valbanera, los detalles de su paso por la calle Cano, y el detective había visto pasar por los ojos de su compañero de fatigas la sombra del Minotauro, sentía que había percibido su aliento en el recorrido por el laberinto, olfateado su presencia, vislumbrado su cercanía, retratada ahí, en la violencia y la repulsión de la muerte que le había reservado al empresario.

Le había descrito también el derroche en comodidades con que el viejo había querido deslumbrar a su joven amante, excesivo para un piso de cita, desmesurado para un escarceo amoroso que poco debía de dar de sí, dadas las iniquidades en las armas de los contendientes, en la batalla que había de ser el encuentro de ambos en la misma cama en que el ricachón vendió caro su atrevimiento.

—Debemos saber cuánto tiempo llevaban juntos, es fundamental —reaccionó García Gago.

—Poco, según me dijiste...

—Poco según me dijeron los hijos. Puede ser que ellos creyeran eso, o que lo supieran y me mintieran. O que les mintiera el amigo del padre.

—Tenemos que interrogar a ese hombre —sacó una libreta

Márquez—, vamos a ir haciendo un plan de trabajo. Tengo la tarde apretada. He quedado con los hijos en su casa. Los había citado en la comisaría, pero intentaron escaquearse con el pretexto de que estaban hundidos y no podían dejar sola a la madre. Abatida, me dijeron que está. Y los creo, no es para menos, pero no me va a quedar más remedio que hacerle un par de preguntas.

—No te envidio.

—Ya está uno hecho al paño, después de años de cháchara con familiares de difuntos. Después tengo que ver a los padres de la niña. El juez ha autorizado el entierro para mañana. Ellos llegaron ayer de América, reconocieron el cadáver y se encerraron en el hotel que les reservamos, a llorar, supongo. Sin duda habrán soñado más de una vez con venir a visitar a su hija aquí, feliz, instalada en una vida nueva, con marido recién estrenado y un mundo por delante. Y mira a lo que vienen. A darse de bruces con el fracaso de sus vidas, la de su hija y las suyas. Esta noche ceno con ellos en el hotel.

—¿En qué puedo echar una mano? —le recordó el detective que algo tenía que ver con todo aquello.

—Le he pedido al comisario autorización para que me ayudes, para que seas mi colaborador en este asunto, vaya. No es muy reglamentario, pero me ha dado el visto bueno. Sabe que tú fuiste el que nos puso sobre la pista de Miguel Bravo, que sin ti nos encontraríamos ante dos casos totalmente desconectados el uno del otro, y también lo caro que te costó que detuviéramos a los dos pajarracos. Así que adelante, que para esas cosas están los fondos reservados.

Las copas se entrechocaron para sellar el pacto, con las espinas peladas por testigo, solitarias en los platos vacíos, única prueba de que por ellos había pasado la huella de Fabio Montale, el inspector marsellés de Jean Claude Izzo.

Hacía tiempo ya que la clientela había retirado su mirada

codiciosa de los platos de los dos hombres para llevarlas a los propios, que en silencio unos, de conversa otros, se aplicaban en vaciar.

—Necesito que hables con el amigo de Miguel Bravo —retomó Márquez el asunto—. No tengo que aclararte lo que pretendo de él, tú lo sabes mejor que nadie: todo. ¿Sabes cómo localizarlo?

—Puede, pero por si las moscas pídeles dirección y número de teléfono a los Bravo.

—Sabrán que tú eres quien me ha hablado de ellos.

—A estas alturas…

—También te necesito para otra cosa. Tengo que volver a la casa del viejo. Estuve husmeando por allí y vi cosas interesantes, y un cajón cerrado con llave que no quise abrir, porque no habían acabado con su trabajo los de las huellas. Ya sabes que no es lo mismo inspeccionar una casa con el cadáver a tus espaldas y un ejército pululando a tu alrededor. Ahora podemos estar tranquilos ahí.

—A la orden, jefe.

—¿Van a querer algo de segundo? —interrumpió, guasón, Cándido.

—No, gracias, a mediodía comemos ligerito —respondió el inspector Márquez, devolviéndole la confianza al patrón.

—¿Postre?

—Nos espera en una casa de aquí al lado —se puso macabro García Gago.

—Finito ayudante se ha echado, inspector. ¿Una copa?

Los dos hombres se miraron, esperando la iniciativa del otro.

—Comprendido —zanjó Cándido el asunto—. Les voy a traer dos chupitos de un ron del que van a tardar en olvidarse. Cortesía de la casa. Lo van a necesitar para el postre que les espera —vio en García Gago unos ojos chispeantes, delatores de la botella de blanco de Lanzarote que había pasado por ese cuerpo.

—Ya se le está poniendo cara de Papá Noel —se alejó rezongando el chef negrocriminal.

El ron estaba a la altura de las promesas de Cándido, pero los dos hombres supieron decir no a la segunda ronda. Se llevaban del Valbanera el punto justo para adentrarse sin miedos en el piso de la calle Cano y afrontar con lucidez el trabajo que ahí esperaba.

Algunos curiosos permanecían frente al portal, fascinados por las vallas que acordonaban la entrada y el policía que la custodiaba; impresionados por la idea de que en aquella calle céntrica y tranquila se pudiera haber cometido, esa misma mañana, semejante crimen.

García Gago y Márquez subieron las escaleras en silencio, como quien se apresta a acceder a un templo. Afortunadamente, el cuerpo ya no estaba allí, pero aún flotaría el olor a muerte en el ambiente, lo último siempre en abandonar el escenario del homicidio.

—Los efectos personales encontrados en la ropa de la víctima están sobre la mesa del salón, señor —se adelantó, eficiente, el policía apostado en la entrada del piso.

El inspector había ordenado que los dejaran en el piso una vez tomadas las huellas y levantado el cadáver. Esperaba encontrar entre ellos una pequeña llave que le evitara forzar el cajón del buró. Ahí estaba, lo supo en cuanto vio en el llavero una que se ajustaba a la medida.

García Gago lo siguió estancia por estancia, atento al relato sobre el espectáculo con que se había topado unas horas antes, deteniéndose ante la cama que aún guardaba las huellas de la barbarie, la sangre derramada que salpicaba también la pared. Puso a trabajar todos sus sentidos, los declaró en alerta general: sabía que el alma del crimen —así solía llamar al entramado inmaterial que se escondía tras el acto de matar— aún rondaba por el lugar, que no habría una nueva oportunidad para atraparla.

Manuel Márquez tenía razón: aquél no era el mobiliario de una polvera. Sin saber qué buscaba, levantó el colchón, se agachó bajo los muebles, revisó los cajones, trasteó en los roperos y el cuarto de baño.

—Ya le hemos dado diez mil vueltas a todo —le advirtió el inspector.

—Nunca se sabe —contestó, pero su compañero ya no le escuchaba. Se había dirigido como un autómata a la habitación del buró, con la pequeña llave en mano. Lo siguió hasta allí y comprobó con él que encajaba perfectamente en la cerradura del único cajón que se había negado a colaborar, y que ahora se dejaba vencer sin oponer resistencia. Vio al inspector tirar lentamente de él, como pasa las cartas que le acaban de entregar el jugador de póker, en busca de un as salvador.

16

El inspector Manuel Márquez se había ganado el Chivas que acababa de pedir al camarero. Aún faltaba media hora para su cita con García Gago, tenía tiempo para poner orden en sus ideas tras una tarde prolija en informaciones nuevas y sensaciones fuertes. La esposa de Miguel Bravo, sus hijos, los padres de Florencia, voces quebradas revoloteando por una mente que reclamaba tiempo muerto; la sorpresa hallada en el pequeño cajón del buró; las noticias que subinspectores y confidentes habían reunido a lo largo de la tarde: a pulso se había ganado el whisky que el camarero le estaba sirviendo en la terraza del Reina Isabel, con la playa de las Canteras por testigo. Ese whisky y todos los que habrían de venir después, porque era viernes y había quedado con José García Gago, y si algo había aprendido del detective convertido en colaborador era que podía contar con él para muchas cosas, menos para frenarle los arrebatos etílicos.

Al menos no vagaría en solitario por los tugurios del Puerto, tendría a alguien de fiar a su lado para evitar los malos pasos, y una noche por delante de conversación que no pusiera en peligro su dignidad.

El muro en blanco tras el que se ocultaban las horas del pasado y negro viernes seguía en pie. Por él se asomó un instante el beodo gordinflón y repulsivo que lo había abordado a la salida de un bar, cuando se dirigía al piso de Florencia del Potro. Lo borró sin contemplaciones. No era momento de enfrentarse a sus miserias, más bien de barrerlas bajo el tapete de la desmemoria.

Los intentos del otoño para hacerse fuerte en el cielo de Las Palmas habían durado lo que la luz del día. La noche estaba magnífica, lunar, estelar, cálida, lista para acoger a los viandantes de las madrugadas de viernes que, tras merodear por las terrazas de la avenida, se irían repartiendo por los bares subterráneos, oscuros, estruendosos, diseñados para el olvido de las penas de la semana.

Se llevó el vaso de cristal tallado a los labios, se los humedeció antes de sorber lentamente un trago, el primero del día sin sentir el acoso de las obligaciones a las espaldas. Durante la cena había acompañado con agua a los padres de Florencia, por no ser discorde.

—Si pudiera evitarle a mi madre el trance de un interrogatorio —lo había recibido la hija Bravo—, no le sabrá decir nada que no pueda confirmarle yo.

—¿Está al tanto de los detalles? ¿Sabe cómo fue lo de su padre?

—Sólo que fue asesinado. Nada más.

—Lo siento, tengo que hablar con ella —una mueca de desaprobación afeó el rostro de María Elena—. No se preocupe, seré discreto.

—El médico ha recomendado que no la molesten.

—Los médicos y los policías no siempre estamos de acuerdo en todo.

—Lo acompaño —se resignó la heredera.

—Sólo hasta la puerta, estaré a solas con ella —el tono de Márquez le dejó las protestas clavadas en los labios.

Ni siquiera le permitió la entrada en la estancia en que descansaba la esposa Bravo. Algo le decía que la hija se había encargado de mover los hilos del asunto, y que su madre era una de las marionetas de aquella historia. La intuición dejó pronto paso a la certeza: el llamamiento a la conmiseración escenificado en la mansión buscaba frenar las curiosidades. El luto apestaba a barniz, las lágrimas velaban la realidad. Porque uno de los personajes de la tragedia se resistía a aprenderse el guión, y era precisamente del que menos se hubiera esperado tanta franqueza: la esposa derrumbada que el policía se disponía a encontrar no existía; en su lugar descubrió a una mujer entera, con el semblante serio pero el ánimo sin quebrar:

—Siéntese, inspector —le señaló un sillón frente al suyo—. ¿Desea tomar algo?

—No, gracias —respondió Manuel Márquez, aliviado—. Siento mucho molestarla en unos momentos tan…

—No se preocupe usted, inspector. Si temía que representara el numerito de la viuda desconsolada por haber perdido al santo esposo y amor de su vida, relájese. Yo me voy a servir un Oporto. ¿De verdad no me acompaña con algo?

—Bueno, si insiste… Un whyskito, si puede ser —acabó cediendo el policía—. No le voy a negar que me sorprende usted, doña Josefina; no era esto lo que me esperaba.

—Pues sí, ni una cosa ni la otra —agitó la mujer una campanita e inmediatamente apareció una sirvienta tocada al estilo de la casa, recibió las órdenes de su señora y se retiró silenciosa, casi invisible.

—¿Cómo?

—Que ni santo varón ni amor de mi vida, ni de la de nadie. No estoy dispuesta a hacer el papelito de la viuda afligida por la muerte de un sinvergüenza sólo porque haya sido mi marido. Bastante idiota fui con casarme con él como para lloriquear ahora por un tipo que no ha dejado de ponerme los cuernos desde el día de la boda.

El inspector Márquez llegaba al interrogatorio con una

composición de lugar muy clara: una mujer enlutada, esposa sumisa, compungida, atónita ante la irrupción de un crimen en su sagrada familia. Nada más lejos de sus imaginaciones: doña Josefina llevaba con la misma elegancia sus setenta y pico años que sus modelitos, y sus modales delataban una educación de colegio de pago de los caros.

—Pero se casaron...

—Sí, lo hicimos. Las mujeres de mi clase estamos predestinadas, salvo las que tienen la lucidez de detectar a tiempo la trampa que la vida les ha tendido. Le aseguro que no es fácil. Desde pequeñas vivimos encerradas en un mundo que creemos paradisíaco. Nos enseñan a recelar de todo lo que hay fuera de él, y no nos cuesta nada creérnoslo, porque vivimos en casas hermosas, rodeadas de criadas, nos divertimos en las fiestas de nuestras amigas y los clubes en los que nuestros papás juegan al golf y nuestras mamás al bridge, nos visten con las mejores marcas y los uniformes de los colegios más afamados, nos ponen un piano delante y un profesor particular al lado. Y sabemos que cuando llegue el momento de casarnos, lo haremos con uno de los nuestros, y seguiremos siendo tan felices como corresponde a las princesitas que nos aseguraron que éramos. Tardé en darme cuenta de la gran mentira demasiado tarde, a las pocas semanas de pasar por el altar.

—Nunca es demasiado tarde a esa edad —la animó el inspector a seguir.

—Las cosas no son tan fáciles. No entre nosotros. Cuando te han enseñado desde la cuna cuál es tu camino, y encima te lo han pintado de rosa, no se desvía uno de él así porque así. Además, no te das cuenta de la noche a la mañana —se llevó la copa de Oporto a los labios, y Manuel Márquez aprovechó el gesto para imitarla.

El inspector respetó el silencio tras el sorbo de vino. Había que dejar a la viuda pensar, ahora que acababa de encontrar una oreja ante la que desahogarse. Una luz tenue filtrada por los visillos era todo lo que le quedaba a esa tarde, como una invitación a la confidencia.

—Pero sí —terminó diciendo doña Josefina—, en algún momento habrá que llamar las cosas por su nombre. Una cobarde, eso es lo que he sido toda mi vida. Siempre con una excusa a mano para no afrontar la realidad, una mentira con que engañarme a mí misma. A nosotras nos educaron para ser señoritas modelo y esposas modelo. Y madres modelo. Si algún día nos arrepentimos, nos encontramos con que no servimos para nada más que eso, para hacer de modelo. Y de eso no se vive. Si hubiera tenido el valor y la dignidad de mandarlo todo al cuerno, otro gallo me habría cantado. Pero no, fui una cobarde —los ojos de la viuda andaban ya extraviados en otros mundos, pero Márquez sabía que aún le quedaba tela por cortar esa tarde:

—Bueno, medios no le faltarían a usted para retomar su vida por otro camino sin necesidad de trabajar —la invitó a regresar a la conversación.

Por primera vez, notó en la mirada de la mujer un velo de humedad. Pero las lágrimas que se resistían a brotar no estaban destinadas al recién degollado Miguel Bravo:

—No tenía ni un duro. Mi familia se arruinó y no se le ocurrió otra cosa que colocarnos a mis hermanos y a mí en las familias recién llegadas al mundo del dinero. Nosotros poníamos la alcurnia, ellos la fortuna. Éramos, por decirlo de alguna manera, el certificado de autenticidad con el que ellos ingresaban en la buena sociedad. Al principio me pareció lo más natural del mundo, pero no tardé en darme cuenta de que una cosa es la alcurnia y otra muy distinta el dinero. Cuando sucedió, ya estaba atrapada. A estas alturas de la vida está claro que tomé la decisión equivocada. Ya se lo he dicho, fui una cobarde. Me daba pánico vivir por debajo de lo que se me había enseñado.

—Bueno, tiene a sus hijos...

—¿A mis hijos? —el tono de la mujer se endureció de repente—. ¿A quién se refiere?

—A María Elena, a Miguel ... —se sorprendió el inspector.

—¿A José Miguel? —le temblaron los labios a la viuda—. ¿De verdad cree que ese tipejo ha podido salir de mis entrañas?

—Bueno, la verdad es que no lo conozco —se defendió Márquez, y giró la cabeza hacia la puerta: María Elena había decidido que era hora de entrar en acción, pero el policía no le dio opción a intervenir:

—Cuando la necesite se lo haré saber, señora.

—Pero...

—Le ordeno que salga de esta habitación inmediatamente —tronó Márquez, y la viuda, por primera vez esa tarde, sonrió—. Siga contándome lo de José Miguel, por favor —esperó a que la otra hubiera desaparecido.

—Un bastardo que tuvo con alguna fulana a los dos años de nacer María Elena, y que no le quedó más remedio que meter en esta casa para evitar el escándalo que amenazaba con montar la madre.

—¿Y la madre?

—Nunca supe, ni quiero saber, quién era. Alguna desgraciada que desapareció del mapa una vez colocado el mocoso.

Convenía seguir disfrazando el interrogatorio de conversación, mantener la complicidad nacida espontáneamente, decidió Márquez, y por ello no insistió en saber más sobre la madre de Miguelito, ni comentó sus sospechas de que en eso la buena señora mentía, que algo había de saber sobre la persona que se había llevado al esposo a la cama. Ya habría tiempo para investigar esos detalles, si es que alguna importancia tenían. Lo que importaba en ese momento era aprovechar la inclinación de la mujer a la confidencia, porque una vez desaparecido él de la casa, no le cabía duda, la hija le iba a caer encima como una fiera, y ella quizá no se fuera a doblegar a las instrucciones, pero quizá sí. A cambio de renunciar a la aclaración de sus dudas, optó el policía por aprovechar la brecha abierta en las cuestiones de herencia:

—¿No teme que, una vez muerto don Miguel, vuelva a aparecer la buena señora con la mano tendida?

—No se me había ocurrido. Cualquiera sabe. Pero no me importa, si algo le corresponde que se lo lleve. No siento ningún rencor contra ella, no es más que una pobre desgraciada. Es a él al que no soporto. Porque me fue impuesto como hijo. Si al menos se hubiera podido sacar de él los modales que le corresponden a esta casa, quizá hasta me hubiera encariñado. Pero nada, siempre he pensado que la ordinariez se lleva en los genes.

Ahondar en ese discurso no interesaba a Márquez, mejor no echar por tierra la simpatía que, contra pronóstico, había despertado en él la mujer:

—Doña Josefina, lo que le voy a preguntar es muy importante: ¿cree usted que el asesinato de su esposo puede tener que ver con la herencia? ¿Ha sido ese tema motivo de discordia en la familia? ¿Hay más personas que esperan algo de la fortuna de su marido?

La viuda quedó en silencio, la mirada clavada en el inspector, como si la pregunta que le acababan de hacer no tuviera cabida en su mundo; si jamás en su triste vida de certificado de buena sociedad a disposición de un empresario cárnico hubiera caído en la cuenta de que el dinero pudiera ser motivo de desavenencia. La estancia parecía una isla en un océano de intrigas, un remanso en un club de lobos. Un paisaje de otros tiempos del que el resto del mundo sólo tenía noticias por las películas inglesas, en que el inspector Manuel Márquez no podía imaginar al hombre que acababa de ser degollado, torturado, emasculado; ni a la pareja de hermanastros que acechaban con las uñas afiladas la fortuna paterna. Y supo que la señora de Bravo se había aislado en un oasis edificado a la medida de sus nostalgias. Dio por buena la jornada, por terminada la entrevista hasta nueva orden, y se despidió de la viuda besándole la mano, echando mano de un ritual que no le pertenecía pero que, en algún recoveco de su imaginario, habían alimentado el cine y la literatura.

—Inspector, por favor...

—¿Sí?

—¿Me serviría usted otra copa de Oporto antes de marcharse?

—Por supuesto, señora.

—Creo que la voy a necesitar.

Manuel Márquez le tomó la mano tendida en busca de la copa:

—Doña Josefina, si alguien, sea quien sea, la molesta, no deje de avisarme. ¿Entiende lo que le quiero decir, verdad?

—Perfectamente, caballero.

Al despedirse le introdujo en el bolsillo de la rebeca una tarjeta de visita con su número personal de teléfono garabateado en el reverso.

—Inspector... —lo interpeló cuando se disponía a abrir la puerta.

—Dígame.

—Lo único a lo que aspiro ya en la vida es a vivir tranquila en este salón, con mis libros, mi piano y mi música. Y mi botella de Oporto. Si me dejan, creo que los que me queden serán los años más felices de mi vida.

—Espero que la dejen, doña Josefina. Lo merece usted. Buenas tardes.

17

Lo que tenía que ocurrir ocurrió. Mil y una veces se lo había recriminado José García Gago a sí mismo: postergar los asuntos delicados, remedar al avestruz no lleva más que a la catástrofe, a engrosar el problema, a multiplicar el disgusto. El número que aparecía en la pantalla era el de Margarita y no había ni modo ni intención de escurrir el bulto:

—Me merezco cualquier cosa que me digas —optó por la táctica de adelantarse a la bronca, por su experimentado efecto amortiguador.

—Te mereces lo que te imaginas y mucho más, bonito. ¿Se puede saber qué carajo has estado haciendo todos estos días para no encontrar ni un minuto para llamarme?

—Lo puedo explicar todo...

—¿Lo puedes explicar todo? No me vengas con frasecitas hechas porque me pongo de los nervios. Mira que tenía la intención de guardar la calma y lo estás echando a perder.

Mensaje captado: Margarita lo invitaba a no hacer el capullo. A cambiar de estrategia tocaba:

—Lo siento, Margarita. No tengo excusas, pero han pasado muchas cosas. Te aseguro que he pensado en ti, pero algo me dice que es mejor mantenerte al margen.

—No está mal. ¿Se te acaba de ocurrir o lo tenías preparado?

—Soy sincero; créeme, por favor.

—Me lo iré pensando. ¿Y qué cosa tan terrible ha pasado?

—Se han cargado a Miguel Bravo.

—¡No jodas! No ha salido nada en la prensa...

—Ha sido esta mañana. Degollado, torturado... te ahorro los detalles —supo el detective que lo peor de la tormenta había pasado.

—Me tenías preocupada, no has dado señales de vida...

—Lo siento, Margarita, de verdad.

—¿Funcionó mi plan con el inspector? —le recordó que formaban equipo.

—A las mil maravillas. Eres genial. Todas tus previsiones se han cumplido. Ahora soy casi un poli.

—No sé si ganarás al cambio.

—Tranquila, es provisional. Una vez solucionado este asunto, vuelvo a mi despacho de detective.

—No le cojas mucho gustillo, por si las moscas, que te encanta merodear alrededor de un muerto.

—Margarita...

—Dime.

—Te quiero un montón. Eres super importante para mí.

—Sí; mucho te quiero, perrito, pero pan poquito —amainó el temporal—. ¿Nos vemos esta noche?

—Voy por la calle acojonado, con la sensación de que tengo siempre a alguien a mis espaldas. No quiero llevar a nadie pegado hasta ti.

—No me extraña, después de la paliza... pero seguro que te tienen puesto a un par de polis, como la otra vez.

—Supongo. Además, ahora tengo que localizar a un amigo de don Miguel y después he quedado con Márquez. Quizá mañana. Te prometo que lo consultaré, y si tengo el visto bueno, nada me gustará más que estar a tu lado.

—Yo también te quiero, Perry Mason. Cuídate.

Buena gente, mi Margarita, colgó el teléfono García Gago,

y siguió su ruta hacia el Círculo Mercantil, donde esperaba encontrar al amigo del empresario, si amigo se puede llamar a quien le va a los hijos de uno con los chismes contados en secreto. Salvo que fuera una de esas ratas de círculo mercantil que pasan el grueso del día embutidos en un sillón de cuero al acecho de las sorpresas que la vida del hogar les niega, difícil iba a ser encontrarlo. Pero no tenía nada mejor que hacer y el intento atesoraba la ventaja de disfrutar de unos momentos de paz en un lugar seguro, cubata en mano, para llevar a cabo el ejercicio recopilatorio que la situación iba demandando a gritos.

Acababa de separarse del inspector Márquez tras una breve visita al piso del empresario. La bullabesa del amigo Cándido reclamaba reposo, y era justo proporcionárselo. Con ese propósito subió las escaleras del Círculo Mercantil y se dirigió al bar. Ante la visión de una botella de Carlos I cambió de intención y pidió un brandy. Cosas del ambiente, le buscó una explicación a su repentino cambio de parecer. No he tomado yo la decisión, han sido mis fantasías, dio por concluido el asunto y eligió uno de esos sillones que parecen expresamente diseñados para que los asiduos a los clubes privados se sienten a la altura de su ego.

Un rápido vistazo le permitió comprobar que quien había visto junto a don Miguel, unos días antes, no se encontraba allí. Pero aquel no tenía por qué ser el confidente del empresario. Le asaltó entonces la idea de que, de no haberse ido de la lengua, quizá le hubiera ahorrado la muerte a su amigo. Porque todo se desencadenó después de la visita a su despacho de los herederos Bravo. Unos días después ya estaba muerta Florencia, después casi le tocó a él, y finalmente cayó don Miguel.

¿Casualidades de la vida? Tenía que compartir el dato con Márquez, en la conversación que les aguardaba esa misma noche.

¿Y si su entrada en escena hubiera precipitado los acontecimientos? ¿O hubiera constituido un obstáculo imprevisto en los planes de alguien?

Su entrada en escena, o más bien la de los hermanos, que eran quienes lo pusieron a él tras los pasos de la dominicana. Alertados por el amigo de Bravo, el tal... Guillermo Torres, buscó en su libreta el nombre que le había dado el inspector tras su llamada a María Elena para notificarle su visita.

Se dejó llevar por esa hipótesis, para ver hasta dónde lo llevaba, concediéndole a Torres un papel que quizá no le correspondiera. Ya habría tiempo para arrebatárselo; se le pasó por la mente la peregrina idea de que, en eso, una investigación policial se asemeja a un *casting* teatral.

—Supongamos —reflexionó— que el amigo Torres, al irse de la lengua, desencadena esta carnicería. Si fue así, pueden haber sucedido dos cosas: que no tuviera ni idea de lo que se avecinaba y actuara con la mejor intención del mundo, es decir, salvar la fortuna y el honor de la familia Bravo, o que supiera lo que hacía y las consecuencias que su chivatazo acarrearía.

Había una tercera opción, se llevó a los labios el Carlos I, servido en una copa como Dios manda —no se le puede negar a esta gente que sabe lo que se trae entre manos, reconoció—. Torres y los hermanos Bravo, por alguna razón, estaban compinchados, formaban equipo, y lo del chivatazo era una coartada para disimular la relación entre uno y otros.

Tres posibilidades eran multitud; iba siendo hora de mantener una conversación con el chivato. Se acercó a la barra y buscó auxilio en el camarero:

—Mire, he quedado con don Guillermo Torres, ¿sabe usted si vendrá esta tarde? —se aventuró.

—Lo tiene usted ahí mismo —le señaló el empleado a un hombre parapetado tras un ejemplar de La Razón, instalado junto a un ventanal, excelente observatorio para quien encuentra en el diminuto universo de la calle de San Bernardo motivo de diversión.

No era el mismo que había visto con don Miguel. Éste era enjuto y alto, y al bajar el periódico para responder a la pregunta del detective dejó al descubierto un rostro afilado sobre el que la madre naturaleza había plantado una nariz de extraordinarias dimensiones.

—Yo mismo. ¿Qué desea?

—Quisiera hablar con usted. ¿Me permite? —señaló un sillón, y lo acercó al interpretar como asentimiento el parpadeo de Torres—. Formo parte del equipo del inspector Márquez, encargado de la investigación del asesinato de don Miguel Bravo —se hizo pasar por policía sin necesidad de mentir.

El otro pasó sin transición de la sorpresa al asombro:

—¿El asesinato de Miguel? ¿Qué me está contando usted?

—¿No está usted al tanto? —se sorprendió García Gago.

La respuesta de Torres fue levantarse como un poseso y dirigirse a la barra. Ahí lo vio el detective intercambiar unas palabras con el camarero. Quien regresaba a su asiento era otro hombre, un espectro, un fincho blanquecino.

—No lo sabía, me lo acaba de confirmar Salvador. ¿Cómo ha sido?

«Si está actuando es un artista», pensó García Gago, y le contó en detalle la macabra historia del crimen de la calle Cano sin desviar la mirada de la suya, atento a la reacción, hasta quedar convencido de que su imaginación había llevado al buen hombre a un papel que no le correspondía. Quedaba por saber si, involuntariamente, había desencadenado las tragedias, pero no sería él quien respondería a esa pregunta.

—Mira que se lo dije veces —suspiró cuando dejó el detective de hablar—. Pero nada. El hombre estaba entusiasmado con su mulatita, y...

—¿Su mulatita?

—Bueno, así la llamaba Miguel. En fin, quizá fuera un apodo cariñoso, qué sé yo. El caso es que desde el principio le dije que se estaba metiendo en camisa de once varas. Que una cosa era echarle un polvo a una puta, con perdón, y otra cosa encoñarse con ella.

—¿Tan enganchado estaba?

—Sólo había una mujer en la vida de Miguel. Aparte de Josefina, su esposa, claro —rectificó—. Ya le digo, había enloquecido con la mulata... bueno, con esa mujer. Me parece increíble que haya muerto Miguel, aunque a decir verdad, después de que se la cargaran a ella cualquier cosa podía pasar.

—¿Eran muy amigos?

—Uña y carne, desde hace más de veinte años. Nos presentaron aquí mismo, en el Círculo Mercantil, y nos hicimos amigos enseguida.

—¿Es usted empresario?

—Sí, pero en otro sector. Lo mío son los materiales de construcción. Tengo una fábrica en el Polígono de Arinaga.

—¿Iban juntos de putas? —se jugó García Gago la entrevista a una sola carta, la del efecto sorpresa.

—¿Cómo? ¿Qué dice usted? —paseó el empresario la mirada a derecha e izquierda en busca de alguna oreja indiscreta—. ¿Está usted loco?

—¿Iba usted de putas con don Miguel Bravo? —insistió en su intuición.

—¿Esto es un interrogatorio? ¿Está usted acreditado?

—Esto es una conversación. Si prefiere usted un interrogatorio en toda regla, lo podemos citar mañana en Comisaría. Personalmente no creo que sea necesario llegar a eso, no tenemos nada contra usted, pero cualquier detalle que nos facilite sobre don Miguel puede ser esencial para la investigación. Han matado a su amigo, recuérdelo. Lo que usted diga ahora no saldrá de aquí. En un interrogatorio, ya sabe, hay una secretaria monísima a la que no se le escapa ni una palabra.

—Sí, alguna que otra vez hicimos una escapadita —se resignó el hombre, visto el panorama.

—¿Dónde iban?

—Tengo un piso en la zona de las Alcaravaneras. Ahí quedábamos con algunas amigas... gente de total confianza, ya sabe.

—No, no sé. No me he estrenado en esa afición. Cuénteme.

—Bueno, somos gente conocida en esta ciudad, no nos podemos meter en cualquier sitio. Hay mujeres y mujeres.

—Lo que llaman alto *standing*, vaya.

—Exactamente.

—Como corresponde a su categoría, qué menos. ¿Está usted casado?

—Soy soltero pero igual quiero discreción. Ya le dije a Miguel que se estaba metiendo en camisas de once varas.

—Lo sé, ya me lo ha dicho. Si está dispuesto a colaborar no tiene nada que temer —se aseguró el detective a la presa.

«Lo tengo agarrado por donde más le duele —pensó García Gago—, y nunca mejor dicho». Era una buena noticia, y las buenas noticias se celebran. Pero cada cual conoce sus límites, y procedía regresar al agradecido cubata de toda la vida. Invitó al empresario:

—Sí, pero para mí será un whisky, por favor.

Dejó a sus espaldas a Guillermo Torres, el compañero de correrías del difunto. Ahí estaba, en el espejo que detrás de la barra le devolvía una panorámica de toda aquella fauna de hombres biempensantes, y no le llegó la fantasía para imaginarse a aquellos dos carcamales en brazos de las mejores prostitutas de la ciudad.

—Yo les acerco las copas, caballero.

—Gracias, Salvador —sorprendió al camarero.

Al volver a su asiento se encontró con un hombre perdido

en sus preocupaciones, más afectado por el asesinato de su gran amigo desde que salió el tema de las putas.

—¿De qué nacionalidades eran?

—Había de todo. Africanas, americanas, rusas.

—Vaya, menos del país...

—La discreción manda.

La pasta manda, quiso decir García Gago, pero no estaba ahí para moralinas sino para sacarle los gusanos del alma al empresario, que debía de carcomerse por tener que soportar la impertinencia de un polizonte que no exhibía más mérito que el de haberlo pillado en una falta atentatoria contra lo más sagrado: su reputación.

El detective lo sabía; también lo que valían los detalles sobre la doble vida de Bravo.

—Le gustaban jovencitas, supongo —lo excluyó momentáneamente de la culpa para liberar tensión.

—Bastante.

—¿Cómo de bastante?

—A partir de dieciséis, pero yo nunca estuve con una menor —se apresuró a aclarar.

Por no morderse los labios, el detective sorbió un buen trago de la copa que Salvador, el camarero encargado de dar de beber a la flor y nata de la isla, le había dejado sobre la mesa.

—Fue ahí donde conoció a Florencia —afirmó.

—No. Lo de Florencia llegó por otro lado. A veces salía por su cuenta a un hotel del sur. En una de esas fue cuando la conoció, y desde entonces todo se acabó: no existía más que ella en la vida. Mira que se lo dije veces —llevó la vista hacia los ventanales, escaparate de una ciudad que tantos secretos escondía bajo su serena apariencia de joya atlántica—, que se dejara de chiquilladas, que ya no estaba para esas andadas. Y que lo único que iba a lograr de esa zorra es que lo desplumara.

—Más caro lo pagó esa zorra, como la llama usted.

—Qué carajo habrá pasado, Dios —se limitó a responder Torres.

Qué carajo habrá pasado, resonó el eco en la cabeza de García Gago. La imagen de Margarita pasó fugaz por su mente, mientras apuraba la copa. La tranquila, hermosa sencillez de la vida de Margarita. Su sabia cotidianidad, hecha de trabajo, lecturas, músicas, paseos al sol, banquetes caseros, soledad y amores pequeños pero sinceros hasta la médula.

Como el que él sentía por ella.

—¿Conoce usted a Néstor García? —recordó a su padre de repente.

—Claro —se sorprendió el otro—, un caballero. ¿Pero qué tiene que ver con esto?

—Su mundo está lleno de caballeros, por lo que veo. Pero éste no tiene nada que ver con esto. Que yo sepa. ¿Cuánto tiempo hace de eso?

—¿De Néstor García? Lo conozco de toda la vida.

—De Florencia.

—Unos... tres meses —titubeó en su respuesta.

—¿Cuándo alertó usted a los hijos? —desconcertó al empresario.

—¿Quién le ha dicho eso?

—Ya sabe cuál es mi oficio —se permitió un farol—. ¿Cuánto tiempo?

—Bueno... —dudó—, no sé exactamente,

—¿Cuánto tiempo tardó usted en traicionar la confianza de su amigo, Torres? —disfrutó del tono de humillación.

—Al cabo de dos semanas hablé con los hijos —contuvo la rabia.

—¿Por qué lo hizo?

—Esa mujer pretendía arruinarlo. No lo podía consentir.

—Usted no la conocía.

—Esas zorras no tienen secreto para mí —escupió al fin

el veneno que llevaba dentro, y el detective le prometió una nueva visita, al despedirse.

La tarde iba abandonando la ciudad. En su lenta despedida se llevaba consigo la luz que había iluminado a poetas y pintores desde tiempos remotos, dejando un rastro de pinceladas rosadas y de melancolía que, muy pronto, las farolas y la noche del viernes se encargarían de borrar.

18

José García Gago esperó a tener entre las manos una de las cervezas heladas que nunca faltaban en su despacho para apretar el botón del lector de CD. Había convocado en su auxilio a su homónimo catalán, en cuya Suite en La encontraba refugio.

Porque el detective necesitaba refugiarse. Tras el encuentro con Guillermo Torres, refugiarse en algún rincón del mundo que hubiera salido indemne de la turbia condición humana, y como siempre únicamente lo encontraba en su interior, en alguna de las zonas de su interior aún no emponzoñada. Tras la visión del cadáver de un octogenario tatuado con saña y con la hombría profanada, refugiarse en el trago reconfortante de cerveza aplacando el incendio prendido por la violencia. Con el inane empeño en olvidar los golpes recibidos que aún le herían el alma y martilleaban las paredes del cráneo, refugiarse en los territorios más lejanos de la tierra pisada por el hombre, mancillada por sus pasos, injuriada por su verbo.

Las primeras notas del Preludio anunciaban un edén efímero, abrían las puertas de emergencia del mundo, sálvese quien pueda aunque por un instante sea, el instante que se tarda en vaciar una lata, que se demora en desaparecer el eco de la melodía superviviente en el silencio, bendita música que del pecado nos salvas.

Al otro lado de la puerta quizá estuvieran esperando dos

hombres con machetes afilados, con pistolas listas, con intenciones cargadas de muerte. Camuflada entre paseantes distraídos, quizá estuviera la parca, guadaña en mano, acechando paciente su regreso a la selva.

La visita al empresario ha teñido de gris el día, pensó en un intento de desprenderse de los malos presagios, pero la vida es hermosa para quien, como uno hace, la mira sólo de reojo. Para confirmar sus intenciones de no ceder a la melancolía se levantó en busca de un chorro de agua fría que echarse al cogote. Y cuando levantó la mirada hasta el espejo, con el rostro húmedo y los ojos brillantes, ensayó una sonrisa con que enfrentarse al mundo que lo esperaba allá afuera. Se dijo entonces que tenía frente a él a un hombre cabal investido de una misión: desenmarañar una sucia trama en la que se confundían las miserias del ser humano, que nada tienen que ver con clases ni pedigríes, sino consigo mismo, el peor entre todos sus enemigos.

Enfiló con paso lento y sin mirar atrás la avenida de Las Canteras, donde se operaba a esas horas de farolas encendidas el cambio de fauna. Había quedado con Manuel Márquez en la terraza del Reina Isabel. Sabía que la noche iba a ser larga, porque había mucho que hablar, mucho que beber. Recordó el relato de la aciaga noche del inspector Márquez, esa misma noche en que Florencia del Potro era decapitada, y esperó que la compañía le proporcionara al hombre contención.

Lo encontró con un vaso de whisky en la mano, señal de que la fiesta había empezado:

—¿Algo que celebrar? —lo saludó.

—Sí, que por hoy no me toca entrevistar a más familiares de asesinados.

El detective aprovechó una de esas miradas furtivas que tan bien saben echar los camareros de terrazas de hotel para hacerle señas de que sí, estaba ahí para consumir. Optó por la cerveza para no entrar a saco en la noche de viernes; tiempo habría de cambiar de tercio.

La luna derramaba sobre el mar una luz que, en la orilla, se deshacía en estrellas centelleantes. Sobre las espaldas de los transeúntes o anudados a sus cinturas, unos jerseys que probablemente no llegarían a ser usados moteaban la noche de colores vivos.

—También yo tengo novedades. ¿Por dónde empezamos? —entró en materia García Gago.

—Por lo peor, si te parece: la cena con los padres de Florencia.

—Durito, ¿no?

—Te lo puedes imaginar. Estaban hechos polvo. Era su única hija, una excepción reservada en ese país a gente de cierto nivel.

—¿Y lo son?

—En cierta manera, sí. Gente de estudio, universitarios ambos, pero de una clase media que allá significa bien poco: un sueldo para ir tirando a duras penas. Gente consciente de lo que significa poner a un hijo en circulación por aquellas tierras. Optaron por tener uno solo y echar el resto con él, con ella en este caso.

—Y se les fue de las manos la chiquilla.

—No exactamente. O sí, pero sin ellos saberlo. Terminó una licenciatura en filología y ante la falta de perspectivas en el país la mandaron aquí a hacer un máster. Era el momento de rentabilizar el sacrificio de esos años. Logró un visado para los estudios, se matriculó y se puso a buscar trabajo porque lo que los padres habían ahorrado daba para el viaje, el alojamiento y poco más.

—Buscó trabajo y lo encontró.

—Sí. Recordarles eso a los padres fue lo más duro.

—Me lo puedo imaginar. Se quedarían de piedra.

—Ya lo sabían. Yo mismo se lo dije cuando los llamé para darles la noticia. Pero de todos modos, hoy en día, con Internet, los periódicos del mundo entero te llevan las peores noticias hasta tu alcoba, por muy lejos que te encuentres. Aunque les quedaba alguna esperanza de que no fuera cierto, sino cosas de los periódicos, sensacionalismo. Les tuve que confirmar la verdad.

El inspector removió los cubitos de hielo en el vaso vacío. García Gago comprendió que el relato pedía repuesto y le hizo una señal al camarero. Para ahorrarle un viaje, apuró su cerveza.

—Lo increíble —continuó Márquez—, es que estaban convencidos de que la hija era la mujer más feliz del mundo aquí. Se había enamorado y estaba a punto de casarse. Ellos no se lo podían creer: casarse en España y por amor le hubiera permitido hacer aquí su vida, ahorrarse el regreso a su país para encerrarse en un instituto por un sueldo de miseria. Estaban entusiasmados porque el proyecto que habían armado para su única hija funcionaba y las penalidades habían valido la pena. Cuando no tienes nada, y menos aún escapatoria, cambias tu salvación por la de tus hijos.

—Vaya palo. ¿Pero con quién iba a casarse, con el viejo?

—Ellos no lo sabían. Suponían que era un muchacho como ella. Sabían que era algo mayor, porque así se lo dijo a ellos, sin más detalles, y que trabajaba, pero ni imaginarse que estaba con un octogenario.

—Y menos cómo completaba la asignación que le mandaban.

—Desde luego. Les había dicho que trabajaba de cajera en un supermercado, a media jornada. Pero agárrate, que lo mejor está por venir.

Se agarró García Gago, pero al vaso que le acababa de dejar sobre la mesa el camarero.

—Le enseñé la foto en la que sale con tu amiguito, el que te siguió después del almuerzo con los hermanos Bravo y nos cargamos en el sur. Y lo conocían.

—¡No jodas!

—Amigos de juventud, compañeros de instituto, salían en la misma pandilla y, según la madre, algo más hubo entre ellos en algún momento. Pero cuando ella fue a la Universidad cambió de amistades y a éste no le vieron más el pelo. Cuando le conté que tenía que ver con el trabajo de su hija y cómo había acabado, se echó las manos a la cabeza. Acababa de encontrar un culpable, una explicación al extravío de la niña. Ya he dado instrucciones para que pidan información sobre él a la policía dominicana. Creo que esa conexión puede ser la buena.

—Como que el tipo estaba enganchado aquí a una de esas mafias que trae a emigrantes para prostituir y se encargaba de reclutar al personal, por ejemplo.

—Por ejemplo, aunque algo me dice que ella debía de saber a qué venía aquí y aceptó algún trato desde el principio. Si no, ¿por qué venir a Las Palmas y no a Madrid para hacer un máster? Además, pudiste comprobar que circulaba con total libertad de movimientos, y cuando están forzadas las tienen encerradas y vigiladas.

—¿Y se había matriculado para ese máster? —preguntó el detective.

—Mañana lo comprobaremos. Pero me temo que eso no tiene mucha importancia; de donde me parece que hay que tirar es del tipo ese, que es el punto de conexión entre Florencia y los otros.

—¿Cuándo regresan?

—¿Quiénes?

—Los padres, a República Dominicana.

—El lunes. Se quieren quedar un día después del entierro, para pasarlo junto a su tumba, supongo. El último adiós.

—¿Y el entierro?

—Mañana. No han querido ni llevársela allá ni incinerarla y trasladar las cenizas. A saber por qué, aunque imagino que es una manera de soltar amarras, después de lo que supieron. De distanciarse de ella. Supongo que alrededor de la tristeza andarán merodeando otros sentimientos, y el resentimiento bien podría ser uno de ellos. Se han debido de sentir traicionados, de alguna manera. Tristes y con cara de idiotas, se han quedado.

—¿Irás?

—Habrá que ir. Es a las cinco de la tarde. O mucho me equivoco, o ellos mandarán a alguien ahí. Sólo para ver si ocurre algo.

—¿Crees que se atreverán?

—No lo dudo. Claro que mandarán a alguien libre de toda sospecha que no podamos identificar.

—Si no te importa, me pido la tarde libre. Quiero ver a Margarita —probó suerte García Gago.

—Sí me importa, y mucho. Tu presencia es fundamental. Si a alguien querrán vigilar, es a ti. Así que te necesitamos ahí, pero alejado de mí. Tendremos a hombres que no te quitarán un ojo de encima, con una misión bien clara: intentar detectar a cualquiera que se esté fijando en ti más de la cuenta.

—¿Y si resulta que cuando lo detectan es cuando me pegan un tiro?

—¿Crees que si te quisieran pegar un tiro lo harían en un entierro? Pueden hacerlo más discretamente, sin público.

—Gracias por los ánimos. O sea, que me toca hacer de señuelo otra vez...

—Sí, pero esta vez con conocimiento de causa.

—Eso me consuela. ¿Y Margarita?

—Si tanto empeño tienes, puedes ir a verla después del

entierro, pero no salgan a la calle ni se muevan de ahí en toda la noche.

—No tenía intención de hacerlo.

—Y cuando vayas a salir por la mañana, me avisas una hora antes.

—Para volver a colocarme detrás a tus gorilas.

—Exactamente. Salvo que prefieras que te dejen tranquilo —ironizó el inspector.

—Para nada. Me encanta su compañía.

La terraza del Reina Isabel empezaba a pedir relevo. Ni el ambiente ni los precios se prestaban al Tour que los dos hombres se disponían a disputar: había cumplido con su papel de etapa prólogo, y a contrarreloj se habían echado aquel par de copas. Para las etapas llanas habrían de elegir un buen chiringuito en que proceder al avituallamiento, no fuera que la alta montaña los pillara flacos de fuerza y llegara la tan temida pájara.

Apostaron ambos por el pescado, alentados por la brisa marina y el ronroneo del oleaje, y porque la cercanía de la Isleta aseguraba materia prima de calidad. Nada más tomada la decisión se le apareció en mente a García Gago una cubitera con una botella de vino blanco pidiendo a gritos ser descorchada. Algunas de sus neuronas de confianza la levantaron y dejaron ver la marca: había optado por un Barbadillo, sólo faltaba que la compañía compartiera criterio.

No estaba el inspector para rencillas y se avino sin objeciones al capricho del detective. Cuando arribó al hule de cuadros blancos y verdes una bandeja de pescado frito, la botella estaba ya mediada. Entre salmonete y breca fueron desgranando los dos hombres lo que la tarde había dado de sí, que no era poco. Unos minutos antes, Márquez había despachado con una llamada a sus vigilantes, una vez que se hubieran asegurado estos de que no había moscones en la costa. Le sobraban los testigos en las noches de los viernes.

Le tocó a García Gago empezar con el relato de su entrevista con Guillermo Torres. A cambio, el policía le obsequió con su pintoresca conversación con la viuda, la estrecha vigilancia de la solterona, la condición bastarda de Miguelito.

—Toda casa guarda sus secretos —sentenció el detective, azuzado el espíritu por el alcohol—. Sus paredes no sólo custodian a una familia, sino sobre todo a sus miserias.

—Algunos las guardan en el sótano —se apuntó a bruto Márquez.

—A esos no hay quien les gane. Las suyas son miserias de caja fuerte, de refugio atómico.

Del cruce de informaciones salió una primera verdad incuestionable: al empresario cárnico le iba más la marcha que a un cochino el fango. Llevaba muchos años, tras la apariencia de un padre de familia y esposo modélicos, moviéndose a sus anchas por el mundo de la prostitución de lujo. Lo mismo se las apañaba solito en un hotel del sur que se llevaba a lo mejorcito que se encontraba en la ciudad al piso de su amigo y compañero de correrías. Si algún provecho había de sacarle en vida a su fortuna, el hombre tenía claro cuál era. Tampoco parecía ningún novato en la ardua tarea de mantener incólume la fama de persona respetable, requisito esencial de todo burgués que se precie, condición de obligado cumplimiento para mantenerse en ese club selecto de seres humanos a quienes, amén del dinero, se les exige mantener al día los atributos de la honestidad moral, la cosmética de los buenos modales.

Aparentemente, de puertas de su morada hacia afuera lo había logrado Miguel Bravo. Los *quién lo iba a decir* y los *parece mentira* no tardarían en recorrer las mejores bocas de la ciudad, una vez conocido el crimen en sus detalles y, sobre todo, relacionado con esa otra muerte que ya debía de haber caído en el olvido, la de Florencia del Potro. El inspector Márquez había filtrado el vínculo a la prensa con la esperanza de que eso hiciera reaccionar a alguien del entorno de la dominicana y le animara a aportar algún detalle al batiburrillo en que andaban metidos.

Pero no había contado el empresario con que se entrometiera en su camino el amor, el peor enemigo que se le puede presentar a un vividor millonario y octogenario, había expuesto, ya en los postres, el inspector Márquez.

—Si es que se puede llamar amor a la furia que desató en el hombre el divino cuerpo de la muchachita —aclaró el detective.

—Llamémoslo así de momento, aun a sabiendas de que a menudo no es más que el disfraz que toma el deseo, porque para el caso es lo mismo: el tipo se había enganchado de Florencia como un adolescente y había perdido el tino. Si alguien te asegura alguna vez que enamorarse es saludable para el alma, cuéntale esta historia. De todas las tonterías que se dicen sobre el amor, lo único auténticamente cierto es que es ciego. De otra manera no se explica que el hombre se creyera correspondido por una veinteañera.

—Porque lo de que fuera realmente correspondido lo descartamos definitivamente —sonrió García Gago.

—¿Tú qué crees?

—Que sí, que definitivamente. Y me da que lo que nos va a llevar a desenredar la madeja va a ser lo que encontraste en el buró.

No se había equivocado el inspector al intuir que la llave recogida en la casa de la calle Cano esa misma tarde abriría, más que un simple cajón de escritorio, una puerta decisiva en el laberinto de la investigación. Ya por la mañana había llamado su atención el presupuesto de un crucero para dos, y no le cupo duda de que la acompañante no había de ser doña

Josefina. Si el viaje proyectado olía a luna de miel, lo hallado en el cajón completaba la baraja. Junto a doce mil euros en billetes de quinientos, un fajo de documentos delataba las dos jugadas con que el hombre se planteaba darle un giro a su vida, cuando ésta no estaba ya para aventuras: divorciarse de su odiada esposa y casarse con Florencia del Potro. Los trámites de separación estaban ya en marcha, pudo comprobar en los papeles, y la documentación para el matrimonio civil en un municipio del interior de la isla mostraba que el hombre andaba con prisas, quería enlazar una jugada con la otra sin pérdida de tiempo, que estaba desesperado, en definitiva, por escuchar el sí quiero de la dominicana y enfilar los últimos años de su vida por un camino de rosas, con permiso de las espinas. Pero las espinas no dieron el permiso; se le atragantaron antes de iniciar la ruta.

—Hasta las mayores evidencias son inaccesibles para el enamorado, ya te digo que es ciego, el amor —insistió el inspector—. Un arma letal en manos de un desaprensivo.

—¿Por qué no le preguntaste a la viuda por el divorcio? ¿Puede que no estuviera al tanto?

—Puede. Él estaba en contacto con un abogado, abogado y seguro que también amigo. Posiblemente estuvieran preparándolo todo para ponérselo a la vieja delante de las narices llegado el momento. Preferí esperar a que ella sacara el tema. Pero no lo hizo, y me reservé esa carta para la próxima entrevista.

—De lo que no cabe duda es de las intenciones de Florencia.

—Desde luego. Jugada maestra. Si tenía tragaderas para dejarse manosear por aquel viejo verde, podía aguantar hasta el momento de la boda. Una vez logrado el matrimonio, lo demás sería coser y cantar. O esperar pacientemente a que el hombre se fuera para las Chacaritas y heredar o darle el sablazo sin más dilación.

—Pero no contaba con eso su amiguito de infancia, o sus jefes —siguió el razonamiento García Gago—, y no estaban dispuestos a que la niña se lo montara por su cuenta y quedarse sin la joyita de la corona.

—Puede… y puede también que por eso se la cargaran.

—Vamos a ver, ¿no habíamos quedado en que ellos no fueron quienes se la cargaron porque si no, no me habrían apaleado, se habrían esfumado?

El inspector mostró, a guisa de disculpa, la copa a García Gago. El alcohol y el razonamiento no son muy compatibles, admitió, pero quién sabe si de las chispas que enciende en el cerebro puede salir alguna idea de esas que sólo afloran con unos cuantos grados de estímulo.

—A condición de que la apuntemos sobre la marcha y nos acordemos mañana dónde guardamos la nota —acompañó el detective al inspector en una carcajada anunciadora de que las neuronas de ambos empezaban a verse anegadas por el alcohol.

A esas alturas había empezado ya la alta montaña. Una primera etapa los había llevado hasta un pub que compensaba la cutrez con un volumen de música apto para quien está más interesado en conversar que en escapar del mundo por la vía del ensordecimiento, *rara avis* en la noche capitalina. Celebraron la ocurrencia con una nueva copa:

—Quizá hayamos dejado fuera a los hermanos demasiado pronto. Eso de que sea un bastardo no me gusta nada —retomó el hilo de la conversación García Gago.

—A ese lo vamos a tener que poner a hacer manualidades —los labios del inspector empezaban a ralentizar la marcha.

—Qué manía tienes tú con las manualidades, si casi pones a masturbarse al puerto entero. Además una cosa es que la haya matado, y otra que la haya violado.

—Qué poquito sabes de asesinos, compañero. Aquí —se

llevó Márquez el índice a la sien— cabe todo lo que te quieras imaginar y mucho más. Muchísimo más de lo que jamás puedas llegar a pensar. Hay que haber pasado años, como yo, codeándose con cadáveres mutilados para saberlo —adoptó un tono trascendente—. ¿Quién les iba a decir a los vecinos y amigotes del carnicero que era un putañero, y seguramente mucho más que un putañero? Porque si le sabes sacar los secretitos a su amigo, seguramente terminarás descubriendo que además de jovencitas, les gustaba darles leña a sus putitas, o que se la dieran a ellos, o cualquier otra cosa que pudiera compensar lo que su pitraco alicaído ya no estaba dispuesto a ofrecer. ¿Cuántas personas respetadas por medio mundo han dejado boquiabierto a todo Dios al saberse que tras la fachada de santurrones se guardaba lo peor de la especie humana? ¿Acaso no has oído hablar del obispo de Viena, el mayor consumidor de niños de la Santa Madre Iglesia? ¿Crees que los corderitos que llevaban toda una vida siguiendo el camino que les marcaba con su báculo podían imaginarse qué clase de hijo de puta era? Así que no me digas que el gordinflón de Miguelito era incapaz, ya puesto, de tirarse a la amante de su padre antes de pasarle las manos por el cuello, o si me apuras, hasta mientras le pasaba las manos por el cuello, alma bendita, que si quieres jugar a los polis te me tienes que espabilar.

—Pues nada, a ponerlo a trabajar —concedió García Gago para relajar el ambiente e intentar borrar las aristas que el discursito había dejado en el rostro del compañero—. Y de paso, si te parece, hacemos lo mismo con Guillermo Torres —sonrió pero, por primera vez en la noche, la sonrisa no le fue devuelta.

—Pues no sería mala idea, porque entre unos y otros bien podrían haberse puesto de acuerdo en sacar al viejo del lío en que estaba metido.

—¿Y no les compensaría más contratar a alguien que hiciera el trabajo en vez de ensuciarse las manos?

—No, mi niño —le echó Márquez una mirada de condescendencia—. No si son listos. No hay nada más peligroso que dejar esos trabajitos en manos de terceros. Antes o después, la cosa se vuelve en contra tuya. Porque si pillan al tío, tú caes a los dos minutos. Y si no lo pillan, te conviertes en su esclavo para los restos.

Tocaba silencio, y silencio se hizo. García Gago agradeció interiormente al destino por haberlo guiado hacia el mal menor de la investigación criminal, el oficio de detective. Más que por el relato del policía, que nada nuevo le descubrió, por la dureza del alma que delató su rostro mientras hablaba.

¿Se puede convivir con lo más bajo de la especie humana sin dejarse contagiar, al igual que el nenúfar conserva su pureza sobre las aguas pútridas? Quedaba noche por delante, pero García Gago sabía que las copas que faltaban por llegar no lograrían borrarle una inquietud: había percibido en el Márquez que conocía a otra persona, un ser que por un momento se había alejado del territorio que desde un principio compartían. Y por su mente, en la breve tregua que la conversación se había dado, pasó fugaz la imagen de un hombre de dos caras, la del Doctor Jekyll y la de Míster Hyde.

19

«Las astillas del mar le hacen daño al alma», balbució el inspector, y al mirar a su izquierda, porque recordaba tener un interlocutor, se topó con dos luceros que, pensó, bien podrían ser los ojos de la persona con quien me encuentro. Respondió al silencio del lucero con otro silencio, por si había reacción, pero no la hubo.

Restregó entonces los pies descalzos sobre la arena y dedujo que en algún lugar debían de estar sus zapatos. Decidió que localizarlos era una prioridad, e hizo el esfuerzo, y se sintió satisfecho por la hazaña, por girar la cabeza a su derecha y dar con ellos. Los calcetines estaban hechos una pelota en su interior, todo correcto. Sacó uno de su envoltorio y se lo llevó a la nariz, y no fue posible distinguir si el sonido que emitió era risa o gemido.

Lejos, muy lejos, en la oscuridad, la espuma centelleaba en su ir y venir bajo el claro de luna.

Un zumbido que se parecía como dos gotas de agua a una voz le hizo girar la cara hacia el otro lado. Es el detective, carajo, es el tipo este con quien tan buenas migas he hecho, murmuró, el que me ha acompañado esta noche, buena gente carajo el tipo este, pero no entendió lo que dijo, o quizá no dijo nada porque estaba mirando hacia adelante, al horizonte estaba mirando, que era lo único que se podía mirar sentados ahí, en la playa, a esas horas.

Soy un policía perdido en la noche, y un día tuve a una mujer, pero ya no tengo más que la mierda nuestra de cada día.

La gravedad le jugó una mala pasada y quedó tumbado sobre la arena. Tenía que decir algo, intentar que se entendiera, para demostrarle al otro que estaba bien, o casi bien, porque tampoco estaba el asunto para milagros.

Pero no, mejor no hablar, aún no. Tenía la sensación de que junto a las palabras saldrían disparados los excesos que el cuerpo se negaba a digerir.

Al verse boca arriba, se topó con las estrellas, y fantaseó un momento con ellas, hasta aburrirse porque las como se llamen esas de la osa mayor y la osa menor no eran su fuerte. De poco sirvió la distracción porque se le aparecieron a traición los hijos, esos dos hijos que nunca nada pedían, nunca nada reclamaban, porque nunca llamaban. Habían dejado de hacerlo de repente, unos meses después de desaparecer de la casa con la madre, hasta entonces todo había sido un asunto entre él y ella, nada más, ellos cumplían religiosamente con las obligaciones de hijo de divorciados, fin de semana sí fin de semana no a quedarse en casa de papá, recoger la paga semanal, elegir el restaurante favorito para la cena del sábado, ver la tele juntos en la tarde del domingo, un beso junto a la puerta que mamá nos está esperando, no era mucho, carajo, pero algo era, aunque al cerrarla fuese como si el mundo se detuviera allá afuera y ya nada le perteneciera, más que la soledad infinita que un par de whiskys ayudarían a anestesiar, algo, sólo algo, porque era infinita esa soledad como el universo que tenía delante de las narices, carajo.

De repente había sido, sí. Y él sabía por qué, no podía haber más que un porqué.

No tenía que ir mendigando explicaciones, la respuesta sería más dolorosa que la ausencia. Ella se lo había dicho a sus hijos y con eso había roto para siempre el hilo que aún los unía a él.

Les había contado, seguro que lo había hecho, que por dos veces, al despertar él, había encontrado la cama manchada de sangre, se había levantado alarmado, la cabeza invadida de plomo, había seguido su rastro hasta encontrarla acostada, hecha una bola entre las sábanas húmedas de sudor y lágrimas, en la habitación de invitados. Allí había escuchado de sus labios tumefactos las palabras que lo condenaban a la peor de las culpas, era él quien había sacado esa sangre del cuerpo de su esposa, porque ella protestó por verlo llegar de madrugada, hecho harapos de tanto alcohol, y él le respondió golpeándole la cara y el alma, nunca se había imaginado capaz de semejante hazaña, nunca carajo, sintió que tenía las manos hundidas en la arena y al sacarlas rozó un objeto, una botella parecía y una botella era, salvación murmuró y se la llevó a los labios hasta que por las comisuras salieron unos hilillos de líquido que siguieron camino hasta el cuello y quedaron atrapados entre la piel y la camisa.

Él explicó, suplicó, lloró y ella perdonó para salvar del naufragio a todos los pasajeros de una familia que, esa noche, había iniciado su deriva. Nunca más sucedería, había prometido, pero una vez más sucedió. Una vez más se levantó alarmado por las manchas de sangre y fue directamente a la alcoba de invitados, se llevó de nuevo la botella a la boca para recordar ahí, varado en la arena de Las Canteras como una ballena expulsada del océano, que en esa ocasión sabía que él era culpable, para volver a sentir la congoja, la vergüenza, el pánico, la ruina que lo obligaron a afrontar los metros que lo separaban de ella, porque era más su peso que el de afrontar, una vez más, la visión de su mujer arrebujada en la cama al abrir la puerta.

Abrió la puerta y no había nadie. Nadie había deshecho

la cama, nadie se había refugiado en ella. Se puso al acecho de algún ruido, y no encontró más que silencio. Era, intuyó y estaba en lo cierto, el principio de un silencio definitivo. Corrió hasta el vestidor y se encontró con la mitad de la margarita deshojada, ni rastro quedaba de los veinte años pasados junto a una mujer, y se lanzó hacia el espejo para intentar descubrir al hombre que había sido capaz del gesto ignominioso de agredir a la persona que dormía en su misma cama, del que siempre había considerado el más aborrecible de los pecados, y el cristal sólo le devolvió un rostro estragado, talladas por la noche de alcohol sombrías ojeras, profundas arrugas, pero inocente.

¿Cómo era posible no recordar nada, absolutamente nada de un crimen como ése?

¿Quién se escondía en su interior, qué monstruo se había adueñado de él?

Cuidado con la olla que se te dispara, un murmuro apenas audible escapó de entre los labios sellados por la saliva, empapados en whisky, y el firmamento entero se convirtió en un tiovivo del que intentó huir cerrando los ojos, pero ya estaba ahí dentro, atrapado entre las paredes del cráneo, atacando a dentelladas. Desgarró la paz de la noche con un aullido de dolor, intentó en vano levantarse, rodó por la arena como quien busca apagar las llamas que le nacen del cuerpo, sintió que unas manos frenaban su estampida, miró a los ojos a García Gago que pronunciaba palabras que sabían a bálsamo pero que no atinaba a reconocer, sintió que de su cuerpo se escapaban mil demonios y fluían de sus ojos torrentes de lágrimas llegadas de tiempos remotos.

Cuando remitieron las convulsiones, sintió que el frío lo zarandeaba pero no tuvo fuerzas para oponerse a él, y se recostó sobre la arena en busca de unos instantes de sosiego, de una tregua a las embestidas del energúmeno que habitaba en él y lo había sacudido sin piedad, sólo quería silencio, oscuridad y silencio, hasta que logró escapar por la única vía que le quedaba abierta, la del sueño, a la cantinela que seguía rebotando entre las sienes, ella se lo dijo a mis hijos, ella me los quitó para siempre.

20

Una luz tenue se deslizó por las rendijas de la persiana veneciana hasta el dormitorio de Margarita, como una invitación a García Gago a regresar al mundo de los vivos. No abrió éste los ojos hasta, tras buscar con la palma de la mano el cuerpo de su amiga, comprobar que ella no estaba a su lado. Sintió una honda satisfacción cuando el reloj le anunció que había dormido hasta las diez y media de la mañana, una gesta sin antecedentes en los años que llevaba su razón en uso.

Desde algún lugar de la casa llegaban los ecos de una cantata sacra de Bach, señal de que Margarita se sentía feliz: sólo en los momentos de paz interior, solía decir, recurría al misticismo del de Eisenach, igual que se curaba los arrebatos de cólera con los Rolling o afrontaba la nostalgia con Pink Floyd.

«Cada cual se ve las caras con la vida a su manera», pensó el detective, y volvió a cerrar los ojos porque, razonó, en estado de paz o en estado de guerra, una cantata de Bach siempre es una cantata de Bach. Intentó calcular las horas de sueño que se había metido entre pecho y espalda y le faltaron dedos en las manos para sacar la cuenta. Recordaba, eso sí, que había llegado a casa de Margarita extenuado, en un paseo interminable desde el cementerio de San Lázaro, donde el cuerpo hermoso de una joven dominicana había sido arrebatado a la faz de la tierra ante la mirada incrédula de unos padres que le habían trazado un camino que ella decidió no tomar. La elección del atajo hacia la felicidad es cosa de cada quien, un asunto privado donde los haya, pensó García Gago, decidido a que nada empañara la tregua que se había ofrecido ese domingo, junto a Margarita.

Al abrirle ella la puerta se había topado con un hombre demacrado y ojeroso, pero lo que más la alarmó fue la negativa a la cerveza que le ofreció:

—Tú estás grave...

—Una cama, necesito una cama.

—Hombre, qué visita más divertida. Me tienes no sé cuántos días sin noticias y cuando apareces es para pedir una cama.

—Tienes razón, lo siento, pero en cuanto descanse un poco te lo cuento todo.

—Trato hecho, pero no me vengas con que se te ha hecho tarde y te tienes que largar, que me tienes en ascuas.

—Prometido. Además, mañana, si me invitas, me paso el día contigo aquí.

—Me lo pensaré. Anda, métete en el sobre.

De repente se hizo de día en la habitación: Margarita abrió la puerta, con un zumo de naranja y papaya en la mano:

—A levantarse, gandul —se sentó a su lado.

—¿Te has asomado a la ventana, verdad? —le sonrió García Gago.

—Anoche había dos tipos merodeando, me asusté. Hoy no veo a nadie.

—Tranqui, son polis. Angelitos de la guarda que me han asignado.

Se bebió el zumo de un trago. De la resaca padecida el día anterior sólo quedaba un ligero dolor de cabeza que un Alka Seltzer se encargaría de borrar. La noche del viernes había sido larga y profusa en alcohol. Con todo, lo peor no habían sido las copas, sino las confesiones del inspector Márquez sobre su vida privada. Unas horas habían bastado para descubrir que bajo la piel de su amigo habitaban dos hombres, y el que acababa de conocer no era su preferido. En el combate que debían de mantener ambos a diario, el Márquez con quien había comulgado llevaba la delantera de lunes a viernes, pero al llegar las noches de fin de semana el otro se alzaba en armas y, whisky a whisky, se hacía con el poder, anulaba al contrincante, lo dejaba al descubierto.

Decidió no hablar de ello a Margarita, necesitaba su ecuanimidad y, después de todo, se trataba de detalles sin importancia para resolver el asunto que se traían entre manos. Sin copas, Manuel Márquez era un tipo cabal. Florencia del Potro y Miguel Bravo no tenían nada que temer: su caso estaba en buenas manos.

Tampoco le había dicho nada a él cuando, a las tres de la tarde del sábado, lo despertó de un sueño agitado. Seguía con la misma ropa con que lo había metido en la cama, a duras penas, envuelto en el hedor que el sudor, el alcohol y el vómito le habían pegado al cuerpo.

—Vamos, levántate y pégate una ducha fría. Dentro de un rato tenemos que ir al cementerio.

Él se lo había quedado mirando como a una aparición, y las neuronas se tomaron su tiempo para reconstruir la evidencia:

—Anoche nos pasamos con las copas —balbució su conclusión.

Tampoco le dijo nada porque él nada recordaba, y no era cuestión de sumar más vergüenza a la que debió de sentir frente al espejo de su cuarto de baño.

—¿De qué hablaron? —preguntó Margarita, ya frente a un café y unas tostadas.

Habían hablado de lo que tenían que hablar, de los dos crímenes, le contestó, de muerte y de locura, y le confesó que nunca había visto tanta mierda acumulada en tan poco espacio, ni sentido jamás tanto desasosiego en tan poco tiempo, pero se guardó para sí que mientras arrastraba hasta su casa a un inspector Márquez que apenas se tenía en pie y cuyos gruñidos se habían tornado definitivamente ininteligibles, sintió lástima de los hombres que deben codearse a diario con tanta miseria para lavarle la cara a una humanidad que quizá no merezca tanto.

Le contó lo de los padres de Florencia y lo de la viuda de Miguel Bravo, su encuentro con el compañero de correrías del empresario y su paso por la casa de la calle Cano.

—Por eso tenía la casa tan puesta —dijo ella de inmediato.
—¿Cómo?
—Claro, esos muebles que me acabas de describir no deben sorprenderte. No la había amueblado así por impresionarla, sino porque se pensaban casar y quedarse a vivir allí.
—No puede ser, los hombres de Márquez han comprobado la fecha de compra. Casi tres millones, por cierto; de pelas, claro —el detective seguía sin identificar en euros cualquier cantidad superior a los seis mil—. Coincide con el primer pago del alquiler, hace seis meses. No creo que en ese momento ya tuviera intención de casarse.
—¿Y por qué no?
—Pues porque no habría tardado tanto el amigo en avisar a los hijos, ni éstos en contratarme a mí.

Margarita se sirvió más café. Echó en la taza un terrón de azúcar que fue disolviendo concienzudamente con una cucharilla. García Gago sabía que tanta concentración no podía estar dedicada al terrón.

—No, créeme —dijo al fin—. Él compró esos muebles porque sabía que se iba a casar con ella. Nadie se gasta una millonada en mobiliario por una simple puta. Sólo un tipo frito por una mujer es capaz de hacerlo.
—Eso no coincide con mis datos.

—Pues tendrás que revisarlos —cerró tajante la cuestión.

Guillermo Torres le había asegurado que avisó a los hermanos Bravo a las dos semanas de iniciado el romance. Si la intuición de Margarita funcionaba, quería eso decir que los hijos tardaron cinco meses y medio en reaccionar, y eso era mucho tiempo para alguien que teme ver esfumarse su herencia.

O que alguien mentía. O todos lo hacían.

—¿Qué fecha llevaban los papeles del divorcio? —lo sacó Margarita de sus disquisiciones.

—No sé, pero es algo reciente. No llega al mes. Otra cosa que no cuadra: si la intención era casarse desde el principio, ¿por qué no haber empezado los trámites antes?

—Tendrás que preguntárselo al abogado. Y no te extrañe que te conteste que ése tiempo fue el que invirtió en intentar convencerle de que estaba haciendo el idiota.

Margarita, está linda la mar… le cruzó el verso la mente al detective, y le dedicó una sonrisa cómplice y agradecida:

—Igual lo que dices no sucedió, pero tiene sentido. Y todo lo que tiene sentido tiene que ser tenido en cuenta en este oficio.

Quizá por orgullo, no dijo que además ese oficio requería gente capaz de husmear en todas las posibilidades, y pensó que si alguien le había falseado algún dato para desviarlo del camino correcto, podría haberlo logrado de no ser por ella.

El problema en esa historia era que, por mucho que buscara, no encontraba a nadie digno de confianza. Cualquiera de ellos podría haberles tendido una trampa. Elena, Miguelito, Torres. ¿Y la viuda?

—Esa pobre está más perdida que un pulpo en un garaje —aseguró Margarita.— Lo que no entiendo es cómo admitió en su casa al bastardo.

—Al parecer el tipo la tenía atrapada por el peor sitio que te pueden atrapar en ese ambiente: la pasta. Es de una familia con clase pero sin un duro.

—Qué alegría.

Una ducha fría acabó de devolver al detective a la normalidad. Las secuelas de la noche de copas se habían esfumado, pero la visión del entierro se resistía a desvanecerse.

El inspector Márquez había terminado por aceptar la realidad: abandonó su cama, se miró de arriba a abajo y enfiló cabizbajo y silencioso el camino hacia el cuarto de baño. García Gago sabía qué hacer en esas ocasiones: no infligir mayor castigo al orgullo herido, dejar solo al perro mientras se lame las heridas y, al verlo reaparecer, llevar de inmediato la conversación lejos de la zona dolorosa. Se batió en retirada hacia la cocina, puso una cafetera al fuego, se dispuso a afrontar a un Márquez abatido y —si la resaca le hacía justicia al volumen de alcohol ingerido— derrotado.

Se equivocó. El hombre que apareció al cabo de media hora había sabido aprovechar el tiempo. Debía de disponer de un taller de reparaciones post-borracheras, pensó el detective, porque el rostro cadavérico encontrado al despertarlo había recobrado vida. Las ojeras que amenazaban con aislar al globo ocular del resto del cuerpo, sin desaparecer, habían recuperado posiciones respetables y la pestilencia había sido abandonada a su suerte entre jabones y perfumes y sustituida por un aroma impropio de quien ha pasado la noche agarrado a toda copa que se le pusiera por delante. La idea de jugar al avestruz no entraba en sus planes:

—¿De qué te hablé anoche? —afrontó la situación.

Estaba claro que el virus del alcohol se había cargado el archivo de las últimas horas. De nada servía ponerle delante al Márquez libidinoso y grosero que se había lucido al paso de las beldades que deambulaban por la noche capitalina. Ni darse por enterado de su glorioso pasado familiar, la deserción de su mujer primero, de sus hijos después, la soledad que le iba devorando la vida. Que otro se encargara de ese trabajo, después de todo quince días antes no había visto al tipo en su vida.

—¿No te acuerdas de nada?

—Sé que estuvimos en el Reina Isabel hablando de los padres de Florencia, y que después seguimos con el tema cenando pescado, creo que era. Nada más —reconoció.

—Después seguimos charlando, te conté lo de mi encuentro con el amigo de Miguel Bravo, y terminamos desvariando y hablando de chorradas, no te creas que me acuerdo de mucho tampoco —mintió García Gago.

—¿Cómo llegamos hasta aquí?

—Nos sentamos en la playa para tomar el fresco y te pusiste fatal. Después de echar las tripas te recuperaste un poco y aproveché para meterte en un taxi y de ahí en la cama.

—¿Monté un número en el taxi?

—Te pasaste el camino durmiendo —lo tranquilizó.

—Mejor así —estaba claro que el hombre estaba en guerra consigo mismo y que le quedaban aún unas horas para reconquistar el territorio arrebatado en la batalla por su míster Hyde particular. Un trabajo para ser hecho en soledad, le venía bien eso a García Gago:

—Ya sabes que después del entierro me quedo con Margarita —dijo.

—Pero antes me haces un resumen de lo que me contaste, a ver si se me va refrescando la memoria.

El inspector escuchó el resumen en silencio, y así se mantuvo hasta el momento del entierro. Como convenido, acudieron al cementerio por separado y pronto quedó claro que ahí no tenía cabida ningún asesino, porque entre los quince asistentes que había contado el detective no era posible pasar desapercibido. Tras un breve examen de la concurrencia decidió que seis de ellos eran policías, Márquez incluido. Tras el féretro, que avanzaba lentamente en el coche fúnebre por las calles del camposanto, los padres encabezaban la breve comitiva, enlazados. Los flanqueaban Manuel Márquez y una mujer a la que, por vestimenta y pose, el detective le asignó el cargo de cónsul de la República Dominicana. Una joven en vaqueros y un hombre maduro caminaban juntos sin disimular su indolencia: eran, según García Gago, periodistas de los dos diarios provinciales a quienes les habían chafado la tarde del sábado por si los sucesos del día no dieran para llenar la sección. Las tres personas restantes eran mujeres de entre veinte y treinta años, compañeras de trabajo de la difunta, supuso. Se mantenían a distancia de los padres, por pudor quizá, o por temor a algún arrebato que los llevara a descargar su ira sobre ellas.

De los hermanos Bravo, ni rastro.

Llegados al nicho, donde un cura, hisopo en mano, aguardaba, se desató la tormenta. Al ver a los empleados de la funeraria extraer la caja del coche, la madre estalló en sollozos, en un ataque de histeria al que el marido se sumó de inmediato. Era el momento de escenificar la insoportable frustración por el fracaso de sus vidas, ahí, en el encalladero de sus esperanzas que era ese cementerio que había sustituido las visitas turísticas con que habían soñado aderezar la visita a su hija, quizá con ocasión de una boda que la pondría al fin en el camino de la existencia que ellos no tuvieron.

A la cónsul y al inspector les tocó capear el temporal, pero la furia se había desatado y no había quien devolviera la paz al último adiós. La tensión fue prendiendo en la asistencia hasta llegar a las amigas de Florencia, junto a quienes se había refugiado García Gago. Las mujeres se miraban cariacontecidas, y una de ellas se dio por vencida, dejó correr las lágrimas. García Gago acudió en su auxilio, por no dejar pasar la oportunidad de intercambiar unas palabras.

—¿Eras su amiga? —le pasó el brazo por el hombro.

—¿Quién eres tú? —desconfió ella.

—Alguien que no quiere que quede libre el hijo de puta que la mató.

—Policía.

—No exactamente. Los hijos de Miguel Bravo me pidieron que les informara de lo que hacía con su padre, soy detective, no tengo nada que ver con la policía —arriesgó—. Después la mataron. Quiero saber quién lo hizo.

Los operarios sellaron el nicho. No había flores para Florencia, ninguna corona se pudriría junto a ella. Sobre la lápida, dos fechas señalaban el principio y el fin. Nada más. Nada más que señalar.

—Si quisieras hablar conmigo, seguro que me podrías ayudar. Supongo que también tú querrás que cojan al cabrón.

Leyó el sí en los ojos húmedos. También el miedo. Le garabateó el número del móvil en su libreta, arrancó la página y se la puso en la mano, mientras los demás seguían pendientes de la tumultuosa despedida.

La jornada junto a Margarita transcurrió plácida. Por instinto de conservación habían echado el cerrojo de la puerta de entrada y cerrado las ventanas. Fuera, el otoño perdió la paciencia y volcó sobre la ciudad un aguacero estruendoso. La lluvia se abatía con rabia sobre el cristal, con las sonatas por contrapunto. Todo parecía dispuesto para devolver a los dos amigos a la cama, y ellos no se hicieron de rogar. Tras las celebraciones, Margarita buscó la compañía de Morfeo, acurrucada sobre el pecho del detective.

La llamada llegó al caer la tarde. Al sonar el teléfono, García Gago se lanzó sobre su móvil: sabía que la amiga de Florencia tenía cosas importantes que contar.

21

La cita con Manuel Márquez era a las nueve de la mañana, en su despacho de la comisaría. Un cuarto de hora antes, dos hombres habían recogido a García Gago en un coche camuflado para llevarlo hasta el jefe. Margarita había salido ya:

—No descartes lo que te dije anoche. Aprovecha que mi intuición femenina te sale gratis.

—No lo haré.

—Y no me tengas otra semana sin noticias.

—Tampoco lo haré —la besó.

Los acontecimientos se estaban precipitando, le había dicho el inspector por teléfono, los dos pájaros habían cantado.

—El fiscal les ha propuesto una reducción importante de pena si colaboraban. Al principio estaban remisos, no querían saber nada del asunto. Pero los encerraron en la misma celda para que madurasen la cuestión y llegaron a la conclusión de que si no lo hacían ellos, nadie más iba a preocuparse por su caso. No son lo mismo dos años que diez en el talego, era la situación que el fiscal les dibujó.

Se encontró a Márquez frente a una taza de café, sentado a su escritorio. La calima se había adueñado de la ciudad, desdibujando los perfiles de la isleta, que alargaba su brazo hacia el continente, como si la isla quisiera agarrarse a la tierra africana, se le antojó al detective tras los ventanales del despacho.

—¿Qué tal el día de descanso? —quizá fueran imaginaciones suyas, pero García Gago percibió un rastro de reproche en la pregunta.

Por largarse a la francesa del cementerio, o simplemente porque Márquez no tenía una mujer con quien apartarse por unas horas de la mierda, le pasó la cabeza un par de opciones.

—Bien, ¿y tú que tal?

—Mejor, mucho mejor. Después del numerito del entierro me encerré en casa y no pisé la calle hasta esta mañana. Descansé y pensé.

Le costaba al detective asociar al hombre que le hablaba en tono grave con ese otro que había tenido que arrastrar hasta la cama tan solo unas horas antes. ¿Estaba Márquez extremando voluntariamente su otro yo para distanciarse mejor del que el viernes lo revolcó en el fango o se transformaba automáticamente nada más entrar al despacho y meterse en la piel del policía? Decidió García Gago dejar la pregunta para otro momento, tenían otros calderos al fuego.

—Tengo una reunión con el comisario, los compañeros de emigración, el juez y el fiscal, para hacer balance de la situación y preparar los siguientes pasos —entró en materia Márquez.

—Bueno, ¿pero qué ha pasado?

—Como te dije, los dos tipos que fueron a por ti han cantado. Tal como imaginábamos, los jefes se quedaron perplejos con la muerte de Florencia, o sea, que tendremos que buscar a nuestro asesino por otros lares.

—¿Y me cargaron el muerto a mí?

—La muerta, en este caso. Vigilaron a los hermanos Bravo, porque supusieron que se la habían cargado ellos, y se toparon con su entrevista contigo, al día siguiente del crimen. Alguien decidió que te habían encargado el trabajo, y para averiguarlo te llevaron al chalé del sur.

—Ya me lo podrían haber pedido amablemente, con mucho gusto les habría contestado.

—Ya se lo contarás a los jefes, espero tenerlos aquí esta misma tarde.

—Será un placer. ¿Ya les has cursado la invitación?

—El juez me la firmará dentro de un rato. Espero.

—¿Y quién fue el genio que me vio cara de asesino a sueldo?

—Uno de nuestros invitados, supongo. Estos dos no estaban al tanto de todo, son unos simples matones. Pero saben para quienes trabajan. Al parecer, los dos que nos cargamos tenían más información, trabajaban más cerca de los jefes.

—Qué puntería.

—Quizá sea mejor así, probablemente ellos no hubieran cantado.

—¿Por qué?

—Porque con el historial que tenían a sus espaldas, por lo que han podido comprobar mis hombres, no habría manera de rebajarles la pena.

—Crímenes...

—Más de uno, entre otras muchas cosas.

—¿Y estos?

—Antes de proponerle al juez la posibilidad de negociar la rebaja, el fiscal comprobó sus declaraciones. Aseguraron no haber matado a nadie, y todo parece indicar que es cierto. En cualquier caso, los posibles casos de asesinato quedarían al margen del trato, les dijo, y ellos estuvieron de acuerdo.

—¿De qué les podrían acusar entonces?

—Sólo con lo que te hicieron a ti, de secuestro y de intento fallido de asesinato. Con eso tienen para pasar un par de lustros a la sombra. Aparte de lo que vaya saliendo, extorsión por aquí, proxenetismo por allá...

—O sea, que la cosa iba de prostitución.

—Con emigrantes, no nos fallaron los cálculos. Estaba cantado.

—O sea, que dentro de un par de años como mucho, estos dos angelitos estarán de nuevo en la calle haciendo de las suyas.

—Estarán en la calle.

—Haciendo de las suyas…

—O no. Por si no lo sabes, nuestros mejores soplones nos llegan por ese camino. Y no es compatible trabajar para la policía y darle trabajo al mismo tiempo.

—O sea, que cuando salen del talego viven del erario público.

—Sí, pero están bajo control. Y ya está bien de *oseas*, coño, que parece que te has caído de una higuera. Que somos policías, no hermanitas de la caridad.

Un leve rubor tiñó el rostro de García Gago. Las moralinas no vienen a cuento en la selva, tenía razón el inspector, y él era un pardillo. Para aniquilar al enemigo, hay que hacer algo más que meterse en su piel: en ocasiones, hay que ser como él. O ser él, si es necesario, pensó el detective que quizá un par de bofetadas hubiese ayudado a los dos matones a arrepentirse.

—Dos más dos cuatro, más dos seis. ¿Con ese número se monta una mafia?

—Una local, sí. Claro que después están los contactos, uno por aquí, otro por allá, que no forman parte de la organización. Para entendernos, una empresa especializada en subcontratas. Que necesito que me pongas en contacto con alguien para que me arregle un par de visados, aquí estoy yo. Que me hace falta un matón para un trabajito extra, un imprevisto, cuenta conmigo. ¿Un aduanero en la frontera que haga la vista gorda?, soy tu hombre. ¿Un sustito a un cliente que se pone borde?, tengo unos securitas infalibles. ¿Algún ejemplo más?

—Sí: ¿un juez dispuesto a conceder un divorcio?

—Pues mira, no lo había pensado, pero podría ser. Me parece una pregunta excelente.

—¿Y tirando de estos seis llegamos a los subarrendadores?

—Probablemente no, pero alguna pista siempre sacamos. Y ya sabes cómo funciona esto, con una pista por aquí y otra por allá terminas por desmantelar un negocio de estos.

—El problema es que ese espacio lo ocupa después otro...

—O aparece un nuevo emprendedor y monta su garito. Donde hay demanda, nunca falta la oferta.

—O sea, capitalismo puro y duro.

—Exactamente. Las mismas leyes que gobiernan los negocios legales sirven para los que no lo son.

—Y a veces las mismas personas.

—Hombre, son los que más entienden del tema. Pero, no estamos seguros de que sean esos seis solamente. Es una posibilidad, no una certeza. Puede que haya más gente, y que nuestros dos pájaros no la conozcan. Lo que ellos saben es que los dos nombres que nos han dado actúan como si fueran los dueños del garito, y es probable que lo sean. Bueno, cambiando de asunto, ¿no tienes nada que contarme?

—Pues sí —se sorprendió el detective.

—A ver, qué te dijo la chica...

—¿Cómo sabes que hablé con ella?

—¿Nunca has oído eso de que la policía no es tonta?

—Vale, tus hombres me vieron hablar con ella en el entierro.

—Y darle tu número de teléfono, porque la nota que le pasaste no sería la lista de la compra, ¿verdad?

El cambio de tono no le pasó desapercibido a García Gago. Algo le había sentado mal. Lo achacó a que no lo hubiera avisado antes, e intentó justificarse:

—Me llamó anoche, que conste. Hay noticias interesantes. Florencia tenía realmente intención de casarse y de vivir su vida con Miguel Bravo. A la pregunta de que si era un amor sincero o interesado, obtuve un *no sabe no contesta* clarificador.

Pero ojito con esto: ella llevaba más de dos meses sin trabajar, sin recibir a un solo cliente.

—¿Y eso?

—Él se lo había exigido, y ella lo estaba cumpliendo.

—Vamos a ver, José, ¿esa tía cree que nos chupamos el dedo? ¿Y tú te tragas cualquier bola que te metan?

—Escúchame, Manolo, sé que suena raro, pero Brígida, que es como se llama, era la mejor amiga de Florencia, y entre ellas se lo contaban todo. Está intentando ayudarnos a descubrir a quien se la cargó. No veo qué interés puede tener en despistarnos.

—¿Por encargo de quien se la cargó, por ejemplo?

Lo había dicho con un tono de superioridad que irritó al detective. El eterno problema con los polis, pensó, dioses omniscientes. Al parecer, ninguno se libra de eso, dejó pasar unos segundos antes de seguir.

—Podría ser, pero lo dudo. Ella trabaja para otros tipos. Creo más bien que Florencia encontró la oportunidad de darle un giro a su vida y no la quiso desaprovechar. Una vez casada con el empresario, podría dejar la prostitución y garantizarse una buena renta. Tampoco le iba a durar tanto el tipo, y después de todo, salía ganando lo mires por donde mires, sólo tenía que seguir acostándose con él por dinero, pero ahora por mucho más dinero y sólo con él.

—Claro, y a los tipos para quienes trabajaba les pareció una idea genial. Ella les dijo chicos, me he enamorado de un tipo muy bien, si no les importa —escenificó Márquez su ironía con gestos grandilocuentes—, dejo la empresa, disculpen por no haber avisado con el mes de antelación reglamentario. Ha sido un placer trabajar con ustedes.

Nada le dolía más a García Gago que dejar a la vista las vergüenzas de su ingenuidad, peor aún si el espectador era perro viejo. Tenía razón el inspector, acababa de decir una chorrada y buscó refugio en el silencio para organizar el contraataque. Recordó que había visto al tipo de las patillas, el noviete de adolescencia, en la calle Alfredo L. Jones, cogida ella de su brazo.

—Ya había pensado en ello, Manolo —mintió—, no seas cínico. Pero puede haber negociado su libertad a cambio de una parte del pastel. El tipo tenía más dinero del que Florencia necesitaba.

—¡Que no, coño, que no! —perdió los papeles el inspector y el detective volvió a encontrar al tipo al que una mujer tuvo que dejar tirado en la soledad—, ¡algo más te ha tenido que decir, qué carajo te ha dicho!

El orgullo lleva al hombre a la huida hacia adelante, más gritos cuanto menos razón, más agresividad cuanto menos argumentos, cualquier cosa antes que aceptar una verdad de la que se es consciente pero que no se está dispuesto a admitir: estoy equivocado. Lo sabía García Gago y decidió no entrar a saco en el alma dolorida de su amigo.

—Le daremos un respiro —concedió— hasta nueva orden.

Lo miró en silencio para intentar desarmarlo, hasta obligarlo a apartar la vista de él:

—¿Qué coño te pasa, Manolo? —dijo entonces.

Pero Manolo no respondió. Salió del despacho huidizo, expulsado de un territorio hostil, en busca de aires nuevos con que calmar sus arrebatos, dejando a García Gago perplejo.

—Parece que el hombre está estresado —murmuró en busca de una explicación con que disculpar al policía, y se apostó ante uno de los ventanales para buscar en el océano un poco de paz con que recargar la paciencia antes del regreso del doctor Jekyll.

Y ahí, con la mirada clavada en el mar, intentó recomponer la conversación con Brígida. Ella había hablado con tono firme, porque había meditado la decisión de llamar a García

Gago. Márquez no le había dejado terminar de explicarse, no había podido contar que le había hablado del tipo de las patillas, que era quien la había hecho venir hasta aquí y que la controlaba sin cuartel, que ella se sentía atrapada por la organización para la que trabajaba, no había violencia, le pagaban la parte que le correspondía y se quedaban con la que a ellos les tocaba, que no era poca, y buscaba una manera de zafarse de todo aquello, pero muchas cosas quedaron sin contar, aseguró Brígida, quizá por miedo, quizá por no comprometerla. Y ella misma, le había asegurado a García Gago y ahí sí se le quebró la voz, sabía algo más sobre su muerte pero era muy importante y hasta allí no pensaba llegar porque no quería acabar como Florencia, lo que podía decir lo acababa de decir y nada más, colgó, y el detective buscó enseguida en su móvil el número del de Brígida, pero ella había llamado desde una cabina, seguro, porque la pantalla anunciaba número desconocido.

—No será difícil localizarla —masculló—, seguro que vive en el mismo edificio. Se lo diré a Manolo y sus hombres lo arreglarán en un pispás.

Los minutos frente a la bahía lo predispusieron a la reconciliación. La sellarían en Ca'Cándido, pensó que el amigo cocinero debía de estar esperando noticias como agüita de mayo. No podía tardar en volver Manuel Márquez, pero cuando se abrió la puerta no era él quien apareció:

—El señor inspector me ruega comunicarle que está en una reunión y que tardará en volver —lo invitó ceremoniosa una agente a desalojar el lugar.

—Dígale de mi parte que lo espero a partir de las dos y media en el Valbanera —captó el mensaje de inmediato el detective.

—No sé si podrá...

—Usted dígaselo, si no le importa.

Llegó hasta la puerta de salida de la comisaría como un zombi, guiado por la indignación. Cruzó la avenida marítima para curarse las heridas frente al mar. La terapia surtió efecto, porque cuando enfiló la calle rumbo a su despacho ya tenía decidido que algo gordo le sucedía al amigo Márquez, algo de lo que era incapaz de deslastrarse por sus propios medios, y que tocaba echar una mano para ayudarlo a desembuchar.

22

El inspector Márquez sabía que antes del viernes debía tener resuelto el enigma de la muerte de Florencia del Potro. Después sería, quizá, demasiado tarde. Por eso andaba merodeando por los aledaños de la calle Alfredo L. Jones.

Le había reclamado urgencia al médico analista en comparar el semen de Miguelito con los restos encontrados en la vagina de la dominicana. Diligencia pura, pasión por el perfeccionismo: su intuición ya le había avisado de que ese camino no llevaba a ninguna clave. Algo de sadismo, también, se deleitó al ver sofocado e indignado al más orondo de los Bravo ante la inusitada petición de poner sin demora en probeta de la justicia el fruto onanístico.

Sus hombres lo habían llevado a Comisaría el día anterior, tras la cumbre entre policías y representantes de la justicia que había desembocado en una batería de actuaciones. Había que descartar esa posibilidad, le había dicho al juez, que firmó sin rechistar la orden que mandaba a Miguelito ponerse manos a la obra.

Una vez consumado el pecado, fue llevado a la sala de interrogatorios. Mientras tanto, un operativo esperaba llevar ante el heredero a los dos capos denunciados por los matones. Del careo al que pretendía someter Márquez a los tres hombres saldrían las noticias sobre la implicación o no de Miguelito en el asunto.

Pero no hubo careo aquella tarde, porque los jefes no se dejaban detener. No había prisa, los asesinos del empresario no tardarían en caer. Los años de oficio avalaban su optimismo, el perfil del caso era de los que, tarde o temprano, terminaba cuadrando.

No así el de Florencia. Regresó Márquez al barrio del Puerto con el convencimiento de que alguien se había cruzado en el camino que seguían ella y don Miguel, vigilados de cerca por los herederos, el equipo de la dominicana y García Gago. Y al hacerlo, quizá sin pretenderlo, había hecho estallar la bomba que se llevó por delante a Bravo padre, a los dos sicarios y casi a García Gago, por entrometido. Y ese que se había cruzado por tan peligroso paraje estrangulando a la prometida del empresario podía esfumarse en el laberinto del caso Bravo.

Ese alguien no estaba en el bando del amiguito de la dominicana, ya había quedado claro durante el interrogatorio al detective en el chalé del sur, también por las declaraciones de los dos chivatos.

La tarde anterior, una vez que Miguelito hubo cumplido con sus obligaciones en el cuarto de baño del laboratorio, fue conducido ante el inspector. Las manualidades habían amansado a la fiera:

—¿Qué quieren de mí? Yo no tengo nada que ver con todo esto —suplicó.

Al interrogatorio asistían dos hombres más, el subinspector Santana, adscrito al servicio de Márquez, y el responsable del departamento de inmigración, Julián Santamaría.

—Bueno, ya ve que no le hemos pedido que venga con su abogado, ¿verdad? —empezó Márquez—. Eso quiere decir que sólo queremos mantener una pequeña charla con usted, sin necesidad de citarlo como imputado.

—¿Como imputado? — se sobresaltó el obeso—, ¿imputado en qué?

—Debe saber que ha habido dos crímenes, ¿no es así? Uno de ellos el de su padre, por cierto.

—No pretenderán que yo haya matado a mi padre, ¿no? —los goterones de sudor resbalaban por el rostro redondo, rosado, de Miguelito.

—¿Por qué contrataron a un detective para que siguiera a su padre? —cambió de tercio Santamaría.

—¡Joder! ¡Esa tía le iba a sacar todos los cuartos, estaba más claro que el agua! ¡No podíamos permitirlo!

—¿No podíamos? ¿Quiénes no podían? —siguió acosando Márquez.

—Pues mi hermana y yo, claro. No podíamos permitir que lo desplumaran como a una gallina. Ese dinero nos pertenece.

—¿Y su madre? ¿Qué pasa con su madre, también estaba al tanto?

—¡Esa no es mi madre! No tengo nada que ver con esa mujer, ni que rendirle cuentas de nada.

—¿Estaba al tanto o no estaba al tanto?

—Pero si no se entera de nada, se pasa la vida encerrada en su cuarto, escuchando música y bebiendo Oporto —se ensañó el heredero.

El inspector se le acercó hasta rozarle el rostro:

—¿Te follabas a Florencia? —recordó la entrevista de García Gago con Torres y arriesgó.

—¿Cómo? —respondió, trémulo, Miguelito.

—¿Cómo que cómo? —presionó el de inmigración—, que si te la follabas, joder, ¿no sabes lo que es follar?

—Mi abogado, quiero a mi abogado —tartamudeó el hijo Bravo—, me quieren endilgar la muerte de esa puta, me lo estaba viendo venir.

—Coño, Miguel —calculó el cambio de tono Márquez—, no

ves que si llamamos a tu abogado nos obligas a pedirle al juez que te impute y a detenerte... Claro que tú no mataste a Florencia del Potro, hombre de Dios, pero necesitamos que colabores con nosotros, entiéndelo, necesitamos detalles.

—Todo —insistió Santamaría—, necesitamos saberlo todo. Supón por ejemplo que Florencia no es asesinada y que el detective ése les da la información: ¿cuál habría sido el siguiente paso?

—Pues yo qué sé —los nervios empezaban a traicionar a Miguelito—, no lo habíamos pensado, nada malo, claro, todo menos matarla...

—¿Darle un susto, quizá? —se entrometió el ayudante Santana, hasta entonces al margen, contemplando el mar de espaldas a los tres hombres.

—Claro —retomó Márquez el testigo, dirigiéndose a su colega, ignorando al interrogado—, quizá un susto. Quizá fue eso lo que pretendían y se les fue la mano. ¿Recuerdas que eso fue lo que le paso a... a...?

—Al que se cargó a aquel tipo, el año pasado, yo también he olvidado el nombre —Santamaría hizo caso omiso a los gemidos del obeso.

Un hombre entró sin llamar al despacho, le pidió al inspector con una señal que se acercara:

—Una llamada, inspector. El tipo ese que estaba aquí esta mañana, García Gago me parece que se llama. Dice que es urgente.

Mientras sorbía un cortado en el garito por donde había pasado la noche en que Florencia del Potro fue asesinada, aquella conversación telefónica con el detective volvió a la mente de Manuel Márquez. El dueño del bar no lo reconoció; habían pasado ya unos días y decenas de nuevos borrachos habrían borrado ya a los de aquel día.

No hay memoria capaz de almacenar a todos los beodos de las noches del Puerto.

Esperaba, en cambio, que sí lo hiciera el abominable hombre de la noche con quien se topó cuando paseaba por la zona en busca de inspiración para el caso del Potro, que él sí mantuviese intacta la memoria.

Era el momento de echar mano de su otro yo, pero sin copas en esta ocasión. Sintió la tentación de echar mano de whisky en su auxilio, pero venció el no.

Estoy interrogando a Miguel Bravo, hijo, le había dicho a García Gago, buscando una coartada a los reproches que estaban al caer.

Merecidos, carajo, merecidos, se había autoinculpado de camino a la centralita, donde prefirió ir a contestar. Se había pasado, lo reconocía, y la inquietud del que se sabe culpable seguía intacta en su interior.

La inquietud del que se sabe culpable y que busca una explicación a su violencia, sin querer encontrarla. Porque nada le había hecho García Gago más que ayudarle, acompañarle incluso en su patética noche de viernes.

Quizá eso le reprochaba, pensó, que hubiera sido testigo de su patética noche de viernes.

—Llevo horas esperándote en el Valbanera —le cayó encima el detective.

—Lo siento, me ha sido imposible, después de la reunión me tuve que ocupar de este hombre. Lo siento por lo de esta mañana —fue al grano—, no sé lo que me pasó.

—Gracias por llamarme para pedir disculpas, ha sido todo un detalle —ironizó García Gago.

—Tienes razón, debería haberlo hecho. Lo que te dijo esa chica es muy importante, Pepe —buscó congraciarse.

—¿Qué dice el gordito? —aceptó la mano tendida el amigo.

—Nada importante, pero está nerviosísimo. Siento que nos falta la pregunta clave para que se derrumbe.

—No lo sueltes, voy para allá.

—Está bien, te espero.

—Te perdiste un sancocho del carajo, por capullo.

Cuando quiso Márquez responder no había nadie al otro lado del hilo. Regresó con una sonrisa a su despacho, satisfecho con la reconciliación.

El detective lo había logrado, reconoció con cierta envidia. Una simple pregunta le había bastado. Cuando entró en el despacho del inspector, Miguelito no pudo reprimir una mueca de consternación. Ahí estaba de nuevo el tipo que lo había ridiculizado, humillado delante de la hermana, maldita la hora en que se les ocurrió acudir a su cuartucho de miserable detective, interpretó García Gago su desamparo. Qué pinta aquí este tío, en qué carajo viene a entrometerse, se leía en sus cejas arqueadas, en la rabia de su mirada. Motivos había para la aflicción, lo comprobó a las primeras de cambio con la afirmación que dejó atónitos a Márquez y sus colegas:

—Se acabó el paripé, Miguel. Tu hermana ha confesado. Tú te cargaste a Florencia porque sabías que te quedabas sin un duro.

—¿Qué? —aulló el obeso, inundado en sudor—. ¡Un abogado, quiero un abogado! ¿Quién es este tipo, qué pinta aquí? —se dirigió al inspector—, ¿acaso es policía?

Márquez miró a García Gago. Estás usando una estratagema peligrosa, leyó éste en su mirada; no podía recurrir a mentiras en el interrogatorio, menos aún él, que no era policía. Si quería obtener algo debía hacerlo ya, o cortar por lo sano y desaparecer; ya verían después cómo remendar el descosido.

—Mírame bien, Miguelito —insistió el detective, acercándose a su víctima—, esto se ha terminado. Tu hermana lo ha dejado claro, la pasta se te escapaba y fuiste a por ella.

—¡Se quieren quedar con todo, lo sabía, ella y el hijo de puta de Torres! ¡Quiero salir de aquí, tengo derecho a un abogado! —y con un par de gestos, el detective le confirmó a Márquez que había terminado su trabajo y que iba a echarlo de la estancia sin contemplaciones.

—Haga el favor de dejarnos solos, señor García. Don José Miguel Bravo no está acusado de nada, le ruego que no lo vuelva a molestar.

Una simple frase, volvió a mirar el inspector hacia la entrada del bar, con una simple frase había desencadenado las hostilidades en el entorno del empresario, donde se hallaba sin duda el meollo de la cuestión. Lanzó una mirada hacia la barra. Sobre los estantes de madera localizó la botella de Chivas. Levantó la mano y le pidió al camarero otro café.

—¿Qué ha pasado? —se había lanzado tras el detective cuando abandonó su despacho.

—Fui a ver a Torres antes de ir al Valbanera. Antes había hablado con Margarita.

—¿Margarita? ¿Qué tiene que ver Margarita en todo esto?

—Le pedí que siguiera al tipo.

—¿Qué? ¿Sabes en qué lío la puedes meter? Tenemos especialistas para estas cosas, Pepe —el tono cordial de Márquez dejó claro que no quería volver a las andadas de la mañana.

—Ella tiene un sexto sentido para estas cosas, créeme. Fue ocurrencia suya, le dije que no servía de nada pero insistió. Le pedí a mi amigo el taxista que la acompañara. Ha hecho decenas de seguimientos conmigo.

—¿Y qué esperaba encontrar?

—No se atrevió a decírmelo en ese momento, pensaba que me iba a parecer un disparate. Y desde luego que me lo habría parecido. Pero mira por dónde, le funcionó la intuición.

—Vale, le funcionó la intuición, pero déjate de rodeos, ¿qué es lo que descubrió?

—Que Torres y la hija de Bravo son amantes.

—¡Hostias! ¿Otro octogenario con amantes?

—Éste no es octogenario. Si pasa de los sesenta es por muy poquito. O se conserva de miedo.

—No me habías comentado la diferencia de edad…

—No me pareció relevante. Pero ya te dije que el tipo no me hace gracia, que sabe más de lo que dice.

—No te eches flores, que aquí la lince es Margarita.

—Concedido. Me voy a tener que creer otra de sus intuiciones: la idea de casarse viene de lejos. Los muebles caros eran para establecerse en esa casa.

—¿Otro secretito? —protestó Márquez.

—Si en vez de ponerte como un energúmeno esta mañana me hubieras dejado hablar, a estas horas sabrías eso y más cosas.

—Golpe bajo. Por cierto, ¿cómo sabe Margarita que esos dos son amantes?

—Lo siguió hasta el Hotel Santa Catalina. Al cabo de una hora, mi taxista entró y preguntó por él, le dieron el número de la habitación. O sea, que estaba alojado ahí. Se apostó en el pasillo a la espera de que saliera. Salió en primer lugar una mujer, María Elena Bravo por la descripción que me dio. Él salió al cabo de diez minutos.

—Ya veo que tienes equipo. ¿Qué más cosas?

—Que la amiga de Florencia dice que hay que apuntar más arriba pero que no contemos con ella.

Que no contemos con ella, rememoró Márquez las palabras del detective. Había vuelto después a su despacho para encontrarse con un Miguelito empapado en sudor, debatiéndose entre el miedo y la indignación.

Indignación con la policía, el detective, la hermana, Torres. Indignación con la vida. El estado ideal para sacar partido de él, dedujo el inspector.

Le devolvió la confianza cambiando de tono, poniéndose de

su lado. Pasó de tratarlo como un culpable a hacerle sentirse víctima, de la acusación a la compasión.

—¿Desde cuándo son amantes? —preguntó.

—Hace tiempo. Más de un año.

—¿Su padre no lo sabía?

—No lo habría tolerado.

—No me gusta ese tipo —llevó Márquez la cabeza de lado a lado—, no me gusta nada ese tipo —se giró hacia sus colegas, teatral.

—A mí tampoco —se acogió Miguelito a la oportunidad brindada—, a mí tampoco me gusta nada. Es un aprovechado.

—¿Aprovechado? ¿Un hombre con esa fortuna? —siguió escarbando el inspector.

No había fortuna, declaró el hijo Bravo. La empresa estaba al borde de la quiebra y él rehenchido de deudas, con el patrimonio hecho ruinas. Con un gesto mandó al subordinado Santana a fisgar en las empresas de Torres. ¿Amigo de su padre?, había preguntado Márquez, amigo de su dinero, había contestado el otro. ¿Capaz de matar por pasta?, capaz de eso y de más, se relamió las humedades Miguelito, saboreando venganza, ignorante aún de que la confesión de la hermana había sido una trampa tendida por García Gago.

No tenía sentido seguir tomando café en aquel tugurio, decidió Manuel Márquez, menos con aquellas botellas que lo tenían cual a Tántalo bajo el árbol del Tártaro.

Quizá el tipejo no sea un habitual del lugar, como imaginé, apuró su taza para levantarse, echando la cabeza hacia atrás. Pero al bajarla y enfilar la mirada hacia la puerta, lo vio entrar.

—Aquí está nuestro hombre —agradeció que por una vez las cosas no se le hubieran torcido, que los infames cortados hubieran valido la pena.

23

José García Gago encontró libre el sillón que días antes ocupara en el bar del Círculo Mercantil, y tomó posesión de él.

—Salvador —recordó el nombre del barman, a sabiendas de que el gesto sería apreciado—, ¿me sirve usted una cerveza y unas aceitunas, por favor?

—Enseguida se lo llevo, caballero —sintió el camarero desconocer el nombre de su interlocutor para devolverle la cortesía con un don delante.

—¿Cree usted que vendrá hoy mi buen amigo Guillermo Torres, Salvador? —se acercó a la barra.

—Si no ha abandonado este mundo, que Dios no lo quiera, estará aquí dentro de media hora —se dio la vuelta hacia el reloj: marcaba las doce—. Que Dios no lo quiera porque para desgracia, con la de don Miguel tenemos —buscó conversa que lo distrajera de la rutina.

—Desde luego. Por cierto, ¿se sabe algo nuevo sobre el asunto? —no desperdició García Gago el envite.

—Nada que yo sepa, don … —aprovechó Salvador el clima de confianza para enriquecer su universo particular con un nuevo nombre.

—José, pero sin el don, por favor, que le tengo fobia a la palabreja —quedaron listas las condiciones para la confidencia—. ¿Él venía mucho por aquí, verdad?

—Sí, prácticamente todos los días, a mediodía. Se echaba su whisky y un rato de charla y se iba. Claro que eso desde que estaba con esa pobre chica, ya habrá leído usted los periódicos...

—Sí, un desastre. Porque, ¿antes de eso...?

—Antes de eso se quedaba aquí prácticamente toda la mañana. Al principio, yo le decía cosas como «qué pronto se nos va hoy» y otras por el estilo, hasta que me fui acostumbrando a su nuevo horario.

—¿Y cuánto tiempo hará de eso, Salvador?

—Unos meses hace, pero no sabría decirle cuántos exactamente.

—¿Más de tres?

—Más, más, unos cuantos más.

García Gago decidió que poco más se podía sacar del camarero. Bastante tenía con saber que el cambio de horario de Miguel Bravo, es decir, su relación con Florencia, remontaba a algunos meses atrás. Cogió su cerveza y se empotró en el sillón.

«Eso va cuadrando con la teoría de Margarita», se puso a cavilar. «Y confirma que todos mintieron sobre el tiempo que llevaban juntos. Los hermanos Bravo y Guillermo Torres».

Y si era eso cierto, también podía serlo que hubiera algún vínculo entre unos y otros, algo más importante que el simple hecho del chivatazo. Y que no se les hubiera ocurrido ponerse de acuerdo en el asunto de los meses que llevaban juntos don Miguel y su niña bonita, porque todo esto los pilló desprevenidos y no les había parecido un detalle a tener en cuenta.

Margarita lo había intuido el día anterior, cuando hablaban de ello y defendía su teoría de que los muebles habían sido comprados con Florencia del Potro ya aparecida en la vida del empresario. Él se había dejado convencer de que le permitiera seguir a Torres, porque su intuición femenina, había dicho, le anunciaba que algo positivo iba a sacar de todo ello. Martín se encargó de acompañarla, estaba en buenas manos. Miró el reloj. Torres se estaba retrasando, y Margarita no tardaría en llamar.

Salvador acudió a su llamada con una nueva botella sobre la bandeja:

—El 30 de abril —dijo.

—¿Cómo? —reaccionó el detective.

—Fue el 30 de abril cuando empezó a irse más temprano.

—¿Se le hizo la luz, Salvador?

—Sí, no he dejado de darle vueltas y he recordado que le pregunté si se iba antes porque salía de viaje. Al día siguiente empezaba el puente del primero de mayo. Este año tocó acueducto.

—¿Y se iba de viaje?

—No. Al menos eso me dijo.

Seis meses y medio. La teoría de Margarita iba ganando puntos. Tenía que hablar con Márquez, pensó, y los pensamientos tomaron otro rumbo. Acababa de salir de su encontronazo con el inspector y aún le duraba el desasosiego con que había salido de Comisaría. Como siempre que no entendía las cosas, un bullicio interior le revolvía el alma. Y no entendía, por vueltas que le dio en su larga caminata hasta el Círculo Mercantil, a qué venían los exabruptos del policía, hasta la fecha siempre afable con él, su desaparición del despacho y la manera de despedirlo.

Le echó la culpa a la impresionante melopea cuyos efectos quizá aún no hubieran remitido. O a la rabia de haber desnudado ante él un alma que no estaba para exhibiciones.

Había esperado que la invitación al Valbanera fuera aceptada y que en aquel templo volvieran las amistades a su cauce. Pensó mientras caminaba qué uso dar a su tiempo hasta la hora del almuerzo y decidió que una visita inesperada a Guillermo Torres merecía la pena, a condición de llevar preparada una de esas preguntas-sorpresa a las que tan aficionado era y que tan buenos resultados solían darle. Se puso en ello, y al cruzar el umbral del refugio para ricachones ya tenía decidida la estratagema.

Cuando parecía que la conversación con Salvador y un par de cervezas con aceitunas iban a ser el único bagaje que se iba a llevar del Círculo Mercantil, sonó su móvil.

Era Margarita.

Noticia bomba: Torres y María Elena Bravo se habían reunido en el hotel Santa Catalina. Una buena propina a un botones le permitió comprobar que el encuentro tuvo lugar en la habitación 405.

—¿Amantes? —preguntó García Gago.

—¿Lo dudas? —contestó ella.

En ese momento circulaban detrás de él y por la ruta que seguía no sería de extrañar que apareciera en el Círculo Mercantil.

—Aquí lo espero.

—Perfecto. Nos vemos luego.

—Margarita...

—Dime.

—Eres un monstruo.

—Cuídate, lindo —colgó ella el teléfono.

Diez minutos más tarde, Guillermo Torres hacía su aparición en el bar de sus amores. García Gago, que no había despegado la vista de la puerta de entrada desde la llamada de Margarita, vio cómo el hombre barrió el local con la mirada, se sobresaltó al verlo, amagó una retirada que finalmente no se produjo y optó por coger el toro por los cuernos y dirigirse hasta donde se encontraba él.

—Parece que le ha tomado cariño al lugar —ironizó.

—La verdad es que sí. Ya sabe, a lo bueno se acostumbra uno pronto.

—¿Qué quiere de mí? No le puedo decir más de lo que le he dicho ya.

—Es que me ronda en la cabeza una duda y sólo usted me la puede aclarar.

—Usted dirá.

—Me dijo que don Miguel y Florencia llevaban tres meses juntos, cuando en realidad llevaban seis.

—¿Seis meses? Puede ser —encajó bien el golpe el empresario—. Estaba muy conmocionado con la noticia cuando le dije eso. ¿Tiene importancia?

—Muchísima. Por cierto, he sabido que cuando hablamos el otro día, usted ya estaba enterado —mintió—. ¿A qué vino entonces el paripé de ir a preguntar a Salvador?

Ahí sí llegó la reacción que el detective esperaba. A Torres se le desencajó el rostro, e incapaz de reaccionar, se levantó de su asiento:

—No se vuelva a acercar a mí —extendió un dedo amenazador hacia García Gago.

—Tranquilo, hombre, sólo quería que supiera que estoy al tanto —pero el otro ya le había dado la espalda, enfilando el camino de salida.

Llamó a Margarita para decirle lo importante que había sido su descubrimiento, pero también lo peligroso que se había puesto el asunto. Ni hablar de verse de momento: no le cabía duda de que de alguna manera Guillermo Torres estaba implicado y sólo esperaba que Márquez no hubiera bajado la guardia con su protección, porque en el breve trayecto entre el Círculo Mercantil y el Valbanera podía pasar cualquier cosa. Debía mantenerse lo más lejos posible de él.

—De acuerdo, vuelvo a casa —y nada más colgar convino con Martín en que lo mejor era no alejarse demasiado de García Gago.

Tal como lo había despedido el inspector Márquez por la

mañana, no contaba con que acudiera a la cita en Ca' Cándido. Peor para él, pensó, porque en un par de horas había acaudalado material suficiente como para dar el caso por encauzado. Y si se ponía muy borde, le iba a costar al policía una fortuna en amor propio obtener la información.

Torres y la hija Bravo, previsiblemente amantes. Como poco, compinches, aunque para eso no hace falta reunirse en la habitación de un hotel. Basta con hacerlo en una cafetería.

Todos ellos, los hermanitos y el empresario, mentirosos. Su pecado, la falta de previsión, no haber caído en la cuenta de que quizá, en algún momento, alguien les podría haber preguntado sobre el tiempo que llevaban juntos los finados.

Y el amigo chivato, me juego el cuello, se dijo el detective, se hizo el panoli cuando le anunció que Bravo había sido asesinado.

¿Por qué? Estaba claro que su estrategia era desvincularse del asunto, pasar por ajeno al caso. Pero como pasa con los malos actores, se le fue la mano en la interpretación, y a García Gago no le pasó el exceso desapercibido.

Por eso llevaba preparada la preguntita al Círculo Mercantil, a ver por dónde salía el hombre.

En esas andaba cuando le puso delante Cándido un sancocho y una botella de Bermejo.

—Qué rarito estás hoy, carajo —reprochó.

—Sí, lo siento, no tengo un buen día.

—¿Problemas? ¿Novedades?

—Problemas y novedades.

—Locuaz el hombre —se retiró el patrón.

A esas alturas del almuerzo no parecía que fuera a aparecer el inspector. Aprovechó la soledad García Gago para ordenar las ideas.

Si es verdad que María Elena y Torres están liados, pensó, si también lo es que ambos mintieron, hay muchas posibilidades de que de alguna manera estuvieran implicados en los asesinatos. Y, en ese caso, no había que darle muchas vueltas al móvil: la fortuna del empresario. Supongamos, reflexionó, que vieran que el dinero iba a acabar en manos de Florencia. No sería la primera vez que una jovencita se interpusiera entre un ricachón entrado en años y sus herederos.

Pero, ¿había que llegar tan lejos? Matar a la amante, pasa, ¿pero a su propio padre?

Sí, si estaban al tanto de que la cosa iba camino de la boda. Y bien podrían estarlo si, como era más que posible, conocían al abogado encargado del contrato y éste les había informado. Solidaridad entre gente de buenas costumbres. No se había podido negar a desoír las súplicas del amigo Bravo pero lavaba su conciencia yéndole con el cuento a la hija.

No. No cuadraba. Sí, en cambio, que Bravo le hubiera contado a su amigo y confidente Guillermo Torres sus planes, sin saber que estaba hablando con el amante de su hija, que estaba llamando a las puertas de la parca.

El abogado era pieza clave para desembrollar la madeja, lo supo García Gago y, tras mantener un breve rifirrafe con su amor propio, decidió telefonear a Márquez, explicarle que era urgente localizar al letrado y poner de inmediato a Torres en el punto de mira. A Torres y a la hija Bravo.

Cierto temblor interior mientras marcaba los dígitos en su móvil delató su temor a la reacción del policía. Alguien le dijo que el inspector estaba muy ocupado, que no se podía poner.

—Dígale que es urgente, se trata del caso de Miguel Bravo y Florencia del Potro.

Al cabo de unos minutos sonó, humilde, la voz del inspector. Estaba interrogando a Miguelito. Al detective se le iluminó el rostro:

—No lo sueltes, voy para allá.

Cuando salía del Valbanera, un coche se detuvo a su lado:

—¿El señor necesita un taxi?
—Eres un milagro, Martín —se sentó junto al conductor.

24

La vida es otra cosa junto a Margarita, más aún cuando sabes, iba por el tercer mojito García Gago, que ya detrás de ti no van a correr guadañas, puedes caminar sin sentir en el cogote el aliento del criminal y en el estómago el pánico del perseguido, reluce en tu currículum el honor —compartido, eso sí— de haber resuelto un caso que removió las aguas turbias de la gente bien de la ciudad (peligro peligro que se nos ve el plumero, el culo se nos queda al aire, virgencita que me quede como estoy, habían entonado al unísono los correligionarios de don Miguel), te sientes, tú detective, en el centro de la marejada catártica que recorre de arriba abajo la comisaría cada vez que se aclara un caso peliagudo, cruzas como héroe el umbral del Valbanera, se sirvió un cuarto mojito para él y un segundo para Margarita y sabía que después vendría otro, no para cantar victoria sino para no permitir que se empañara la celebración con una evidencia que intentaba apartar de él al menos hasta que las primeras luces del día despertaran a la ciudad con la buena nueva: la cosa estaba sólo aclarada a medias, el grueso del asunto desmontado, la muerte de don Miguel dilucidada, desactivada la gigantesca trampa tendida a los ricachones octogenarios, pero quedaba aún por saber quién había acabado con los sueños de Florencia del Potro y cada vez más cerca la sospecha de que los tiros habían salido de pistolas diferentes y sólo la casualidad, la coincidencia en el tiempo, les había dado a ambas muertes la apariencia de pertenecer a una misma intención.

—Mañana será otro día, prohibido hablar del asunto —le impuso Margarita—. Ahora a disfrutar y a contar.

Y contó. Cuando Manuel Márquez le dijo que estaba interrogando a Miguelito, supo qué palabras tenía que pronunciar para acorralarlo. Si funcionaba la estrategia, quedaría aclarada la participación del tándem hermanos Bravo-Guillermo Torres.

Funcionó. Le describió entre risas a Margarita la mutación del rostro que el sudor hacía relucir, la espontaneidad con que la lividez se hizo presente, los esfuerzos de los globos oculares por retener a unos ojos inyectados en sangre.

—Esto se ha terminado —habían sido las palabras mágicas—, tu hermana lo ha dejado claro, la pasta se te escapaba y fuiste a por ella —le imputó el pecado de asesinar a Florencia a sabiendas de que no le correspondía, para sonsacarle el de haberse lanzado al rescate de una fortuna que se le iba de las manos.

El hijo Bravo ya no salió de Comisaría, y las gestiones de Márquez con el juez permitieron que se unieran a él su hermana María Elena y el empresario Torres.

Se lo había contado Márquez, porque a él le fue vedada la invitación al espectáculo: el careo entre los tres fue digno del mejor esperpento. El desenlace inesperado les había pillado desprevenidos, ni siquiera había tenido tiempo Torres de alertar a María Elena sobre su conversación con el detective en el Círculo Mercantil, y ambos ignoraban que sus amoríos habían sido descubiertos por Margarita y proclamados por el hermano.

—El crimen no es cosa de aficionados, y ellos no pasaban de

esa categoría —apuró su mojito García Gago—. Se echaron a la boca más de lo que podían revolver.

—¿Cuándo se dio cuenta Miguelito de que lo habías engañado? —Margarita había adoptado, sobre el sofá, la posición del loto.

—Los tuvieron incomunicados a los tres hasta el momento del careo, para impedir que se pusieran de acuerdo, así que cuando él le espetó, ya avanzada la conversación, que lo había acusado de cargarse a Florencia para quedarse con la pasta, ella le dijo de todo menos bonito, cretino te han tomado el pelo, siempre serás el mismo gilipollas, y Márquez y el juez haciendo fuerzas para no soltar la carcajada. Al final todo estalló en mil pedazos, empezando por la relación de los amantes, porque él intentó desmarcarse a la desesperada y ella no le permitió la jugada, ya me imaginaba yo que lo que buscabas era el dinero, hijo de puta, dice Márquez que le dijo. En fin, se les derrumbó el castillo a los muchachos en menos que canta un gallo.

—¿Y cómo cayeron los capos?

—Con las informaciones que habían soltado mis amigos los sicarios, los tenían a tiro de piedra. Pero Guillermo Torres, en el interrogatorio que siguió al careo, ya uno por uno, fue dando los detalles que faltaban para localizarlos.

—¿Se atrevió?

—Sabía que tarde o temprano caerían, y tenía pánico a encontrarse con ellos en la misma cárcel. Por ahí lo agarró el juez y negoció con él la delación y el relato de lo que había ocurrido. Lo arreglaron con la promesa de ir a parar a una cárcel fuera del alcance de los mafiosos, lejos de las islas y con alguna reducción de pena por la colaboración. Al fin y al cabo, a ellos les iban a tocar bastantes más años que a él, y su prioridad en ese momento era sentirse a salvo.

Su largo recorrido por las noches de la ciudad, su perseverancia en la frecuentación de los burdeles —le siguió contando a Margarita la historia reconstruida por Márquez y por él mismo— habían ampliado el espectro de las amistades de Guillermo Torres hasta territorios turbios. Hacía tiempo que las cosas le iban mal en los negocios, pero desde principios de año se asomó a su establecimiento de materiales de construcción el fantasma de la ruina. Como no le habían pasado desapercibidas las miradas que le echaba la solterona María Elena Bravo en sus visitas a casa del amigo, encontró en esa vía una posible solución a sus problemas financieros, sabiéndola heredera de una fortuna considerable. No le fue difícil seducir a la hija del empresario, pero muy pronto se dio cuenta de que la urgencia de sus contratiempos económicos no le permitía esperar a que don Miguel decidiera irse a Las Chacaritas. Rebuscó en el submundo de la noche en la que tan a sus anchas se movía hasta dar con la solución a sus cuitas. Supo que operaba en la ciudad —comprobaría después que negocios semejantes pululaban por todo el país— una organización dedicada a cazar a millonarios a quienes ronda la muerte. El arma: una mujer joven, bella, capaz de recordarles que la vida aún vale la pena ser vivida si se dan prisa y de procurarles un amor del que no por inverosímil están dispuestos a desconfiar, porque al parecer entre la adolescencia y la senectud existen ciertas semejanzas y la de sucumbir a Cupido sin miramientos es una de ellas. Una vez mordido el anzuelo, el resto viene solo. El tipo enloquece bajo los arrumacos de la bella, reencuentra, en un esfuerzo compartido entre la moza y la Viagra, la utilidad del miembro llamado viril, y decide enterrar los años perdidos en el tedio familiar y unas buenas costumbres de repente obsoletas. Los capos de la mafia van vigilando todas las secuencias de la inesperada historia de amor, o mejor dicho de las inesperadas historias de amor, porque controlan a un buen puñado de chicas —traídas normalmente de allende los mares— seleccionadas ente las mejores dotadas para el sexo y el teatro, dos de las herramientas requeridas para formar parte del ejército de embaucadoras de burgueses vetustos. La película no ha hecho más que empezar, porque la segunda parte del guion, la más delicada, lleva a la dulce pareja al altar, paso imprescindible para la legalidad de la desplumadura posterior. Con ello, inevitablemente, aparece en escena la familia, la desconsolada esposa, los hijos indignados, dispuestos todos ellos a liberar al amado millonario padre y esposo de las garras de la zorra. Pero el venerable está ya poseído por Eros y, en la mayoría de los casos, termina cegado su camino hacia el juzgado de paz, una vez consumado el divorcio merced a la inestimable ayuda de algún abogado amigo. La puesta en escena del capítulo final es prácticamente invariable: la feliz parejita se va a vivir a una mansión adquirida por el incauto a nombre de la muchachita, los cabos sobre las pertenencias de la nueva esposa son debidamente atados y el hermoso cuento de hadas se rompe cuanto antes mejor con una denuncia de ella por malos tratos que acaba por orden judicial con el viejo de patitas en la calle, de bruces con la realidad y casi siempre topándose con las espaldas de quienes antaño formaran su hogar, resignados ya a las migajas sobrantes en el proceso de divorcio y sin ganas de volver a ver al indeseable merodeando por la casa familiar.

—Esas mafias hacen su agosto en nuestro país, Margarita, y casi siempre unen al de agencia matrimonial el de la prostitución de toda la vida y el de la importación de mano de obra barata y de calidad.

—Como Florencia del Potro…

—Así es, aunque en este caso parece que ella sabía a lo que venía, y lo hacía de la mano de su amigo, el tipejo de patillas que estuvo a punto de acabar conmigo.

—O sea, que no me equivocaba cuando te dije que los muebles habían sido comprados para adornar un hogar, que aquello olía a boda —reclamó su parte en el éxito de la operación.

—Esa sugerencia me ahorró un buen trecho —reconoció García Gago.

Decidió no servirse otro mojito para no poner en peligro la celebración que inevitablemente seguiría en la alcoba de Margarita. Pero antes había que acabar el cuento:

—Cuando Guillermo Torres se puso en contacto con esta gente, les propuso un trato. Él les proporcionaba el cliente y cierta cobertura —al ser amante de la hija, esperaba controlar los impulsos de la parentela, hacer de submarino de la organización en el corazón mismo de la familia—, ellos hacían su trabajo y una vez liquidado el asunto se repartían los beneficios. Cerraron el acuerdo y, en una ocasión en que el viejo Bravo se iba a desfogar en un hotel del Sur, preparó el encuentro con Florencia de manera que pareciera casual, para aparentar ser ajeno al asunto. Pero María Elena y Miguelito se percataron de que algo raro le pasaba al viejo y no tardaron en saber por dónde iban los tiros. Ella compartió sus inquietudes con Torres, que lógicamente se hizo el incrédulo e intentó disuadirla de sus intenciones de contratar a un detective, sin éxito.

—Y te dijo que se había enterado por un amigo de su padre...

—Por decir algo, supongo; claro que no podía imaginar que el amigo estaba pringado hasta el cuello, ni que con ello estaba metiendo la pata hasta el fondo. Me puedo imaginar la cara de Torres cuando se lo contó. El caso es que él optó por no hablarle a la banda del detective, por miedo a que se echaran atrás y quedarse sin su parte de pastel. Prefirió que las cosas siguieran su curso, porque después de todo el detective tampoco debía ser un obstáculo mayor.

—Pero se cargaron a Florencia y la cosa cambió.

—Ahí está. Los mafiosos sospecharon de inmediato de los hijos. Supusieron que se habían enterado de que la fortuna del padre tomaba un rumbo inesperado y que habían decidido cortar por lo sano. Muerta la perra, se acabó la rabia. Los vigilaron nada más enterarse de la muerte de Florencia, y al verlos almorzando conmigo al día siguiente, dedujeron que yo había sido el encargado de hacer el trabajito. Decidieron entonces, para salir de dudas, hacerme un par de preguntitas. Ya sabes lo que sucedió después.

—Perdidos la niña de sus ojos y dos de sus hombres, no podían menos que saldar la deuda cargándose al viejo.

—Exactamente. Después de interrogarlo amablemente, más que nada sobre su fortuna, supongo, para no irse con las manos vacías después de la inversión realizada. Al parecer tuvieron unas palabras con Torres y éste les tuvo que prometer la parte que les tocaba de la herencia del empresario, tras contarles sus planes de matrimonio con la heredera. El hombre estaba acojonado.

—Entonces los hijos de Bravo no están implicados.

—Está por ver hasta qué punto. De momento el juez les ha hablado de obstrucción a la justicia. Pero por lo asustados que están y el interés en echarse las culpas de todo mutuamente, está claro que habían urdido algún plan con Torres para rescatar el dinero del padre. Con las muertes no tienen nada que ver. El caso de Torres es más grave, claro, aunque no está implicado en los asesinatos. Le caerán unos cuantos años.

García Gago se levantó y se asomó a la ventana. El reloj de la catedral acababa de anunciar la medianoche. Una intensa calima había tomado la ciudad, como por sorpresa. Margarita le leyó el pensamiento.

—¿Y Florencia?

—No encaja para nada en esto. La muerte le llegó por otro lado, pero fue el detonante de todo lo que sucedió después. Todos, policía y mafia incluidas, asociaron las dos muertes, como parecía lógico. Pero no, el que la mató nada tenía que ver con el asunto. Ni sabía lo que estaba desencadenando con eso.

—Pero, como repiten una y otra vez en *La historia interminable*, ésa es otra historia y habrá que contarla en otro momento —le tomó Margarita la mano y lo encaminó hacia su dormitorio.

25

Resonaron las primeras notas de la Suite en La en el despacho de José García Gago, señal de que el detective se disponía a la reflexión. Las persianas a medio cerrar dejaban entrar una luz sutil, calculada para la ocasión.

Según la intensidad de la luz exterior y la actividad prevista, regulaba la posición de las lamas de las persianas hasta lograr la más adecuada a la meditación, al trabajo, a la siesta que a veces se echaba en el sofá del pequeño cuarto contiguo a la oficina, suerte de segundo hogar en que nada de lo fundamental faltaba.

Necesitaba ahora aislarse del mundo exterior, y ni siquiera encendió el flexo que tenía sobre la mesa.

Cerró los ojos. Había pasado buena parte de la noche dando tumbos por el barrio del Puerto, en busca de indicios primero, de explicaciones después. Explicaciones a lo incomprensible, que frente al mar oscuro, en la noche sin luna, intentó en vano descifrar.

El inspector Márquez se lo había pedido:

—Necesito que me eches una mano. Que me sigas ayudando. Vete al Puerto esta noche —le tendió una foto y un papel con algunas indicaciones, ciertas instrucciones que debían ayudarle en la dilucidación del asesinato de Florencia del Potro—.

Anoche estuve por ahí, hay cosas que debemos comprobar. Necesito saber si llegas a las mismas conclusiones que yo.

Y sí, llegó a las mismas conclusiones.

La ausencia de noticias sobre el crimen de la dominicana, la sorprendente falta de vínculos entre un asesinato y otro apenas pudieron empañar la euforia de la jornada anterior. Había llegado temprano al despacho de Márquez desde casa de Margarita, sin que ni los mojitos ni las escasas horas de sueño hubieran hecho mella en su ánimo. La batalla principal había sido ganada, no sólo porque se hubiera resuelto el crimen de la calle Cano: también había caído una red de extorsión a ancianos adinerados por la vía interpuesta de jóvenes emigrantes voluptuosas y explotadas.

Y la buena sociedad había dejado al descubierto sus vergüenzas con el caso del respetado empresario que traicionaba a su sagrada familia, sagrada familia que a su vez se encontraba entre rejas, junto a otro hombre, por sobrevolar como un buitre carroñero la fortuna del venerado padre.

Nada que no se pudiera arreglar con un buen sermón a cargo del señor obispo, el día del funeral en la Santa Catedral. Apostaba García Gago a que el tema de la oveja descarriada saldría a relucir, apropiado para dejar claro que el resto del consorcio no debía quedar salpicado por lo que sin duda pasaría a la pequeña historia de la ciudad con el higiénico apelativo de luctuoso suceso.

Novedades hubo por cierto con relación a los dos angelitos que don Miguel tuvo por hijos. Se supo que, sin estar implicados en el asesinato, se habían apresurado junto a Guillermo Torres a idear, entre la muerte de Florencia y la del padre, un plan de urgencia para desplumar al viejo antes de que volviese a las andadas. En ello estaban cuando los sorprendió la caída del empresario.

Había sido un día para celebraciones, entre interrogatorios, nuevas pesquisas y atenciones a la prensa.

Desde las siete islas y alguna que otra provincia de la península se habían recibido más de una veintena de denuncias de hombres y mujeres cuyo padre había sido hechizado por alguna jovencita. Siempre gente de edad y dinero.

Se esperaban muchas más llamadas en las próximas jornadas, de todo el país. Muchos herederos respiraron hondo ese día; le encontraron por una vez y sin que sirviera de precedente verdadera utilidad a los impuestos con que engrosaban el erario público.

Pero en ese momento, en su despacho, García Gago no estaba para fiestas. Atendiendo a los ruegos de Márquez, se había dirigido de noche hacia el Puerto, y había buscado antes que nada aquel restaurante de La Isleta en que el día de la gran melopea compartió mesa con el colega ocasional. Una de salmonetes y un buen blanco seco, decidió, nada mejor para pensar a gusto.

¿Qué podría haber descubierto el inspector tan sorprendente como para requerir su comprobación? Le había señalado un camino: ¿necesitaba que lo recorriera él también para asegurarse de que llevaba a la misma conclusión?

A las pesquisas de Márquez decidió sumar las suyas propias. Tenía que hablar con Brígida, la amiga de Florencia del Potro, a la que había consolado en el cementerio, de quien había recibido después la llamada. Recordó sus últimas palabras, antes de colgar: «Sé algo más sobre su muerte pero es muy importante y hasta allí no pienso llegar, porque no quiero acabar como Florencia.»

Ese «algo más», ahora que los asesinos de Bravo resultaron no ser los de Florencia, era la clave, lo sabía y tenía que llegar hasta ella.

Decidió dejar el coche aparcado en los aledaños del restaurante y aprovechar la brisa fresca para liberar la mente del blanco conejero. El paseo lo llevó hasta la calle Alfredo L. Jones, frente a la puerta del edificio en que, le pareció que hacía una eternidad de eso, vio un día salir a Florencia del Potro con un tipo de patillas finas y alargadas.

En una mano sostenía el plano que sobre un folio le había dibujado Márquez para guiarlo hasta el tugurio en que, le aseguró, encontraría al borracho hediondo con quien debía hablar, el mismo con quien se había topado el primer día de la investigación.

No tenía sentido apostarse frente al portal y esperar que apareciera Brígida. Aprovechó la salida de una mujer para colarse en el edificio. Por las pintas, la hizo del gremio:

—Buenas noches, señora —arriesgó—. He quedado con Brígida pero se me ha olvidado el piso. ¿Me podría indicar cuál es, por favor?

La mujer lo miró con desconfianza, lo auscultó de arriba abajo y resolvió las dudas a su favor:

—Cuarto B —salió y dejó solo al detective en la entrada del inmueble, sucia, desconchada, lúgubre.

Buscó con la mirada el interruptor de la luz, por si había de regresar antes de alcanzar el ascensor. No fue necesario.

Tras un dubitativo despegue, el cajón obedeció. A través del cristal translúcido, percibió que en el segundo una pareja discutía en voz baja en el umbral de una puerta. Están fijando el precio, pensó.

Al salir del ascensor, la luz general ya se había apagado. Encendió el mechero y buscó de nuevo un interruptor. Se hizo la luz. Acercó el oído a la puerta B. Silencio absoluto. Respiró hondo y llamó. Probablemente no estaría ahí Brígida a esas horas, temió, debía de andar por la calle.

Pero no. Detrás de la puerta se oyó su voz. Lo había reconocido por la mirilla. Qué hace aquí, su voz sonó amortiguada y él la imitó: «Ábrame, por favor, es muy importante». Se entornó la puerta levemente al principio, francamente después, y García Gago desapareció tras ella, engullido por un mundo que no le pertenecía.

El timbre del teléfono móvil lo sustrajo a sus pensamientos, en la penumbra del despacho. Era Margarita. No la había vuelto a llamar desde la mañana del día anterior. No tenían por costumbre acosarse con llamadas, pero entendió que las circunstancias eran especiales. Aun así, prefirió no contestar; tenía que seguir concentrado en lo suyo e ir a ver a Márquez, que debía de estar esperando su dictamen.

Miró el reloj. Las doce del mediodía. Ha llegado el momento, se dijo, y apretó de nuevo el botón del lector de CD. Cuando terminó el primer movimiento de la Suite, se levantó. Frente al espejo, se echó agua en la cara, se acomodó el pelo, se alisó las mejillas para comprobar lo apurado del afeitado. Abrió el botiquín y encontró en él lo que buscaba. Lo metió en una pequeña bolsa de plástico y se lo guardó en el bolsillo de la chaqueta de lino para mañanas frescas.

En el trayecto hacia el garaje no se volvió hacia atrás ni una sola vez. Ya no era necesario.

Tras un conato de disconformidad, el R5 arrancó. Enfiló la avenida marítima y optó por entrar en el aparcamiento subterráneo más próximo, dando de antemano por inútil la batalla de encontrar aparcamiento en la zona.

La última vez que entró en uno de esos, salió en coche ajeno y con el cañón de una pistola incrustado entre dos costillas.

—El inspector lo está esperando —le permitió seguir el guardia de la recepción, tras consultas.

La luz entraba a raudales por los ventanales del despacho de Márquez. Desde esas alturas, la ciudad parecía caminar a cámara lenta.

—Toma asiento —el inspector parecía tranquilo.

—¿Cómo sucedió? —aceptó la invitación el detective.
—¿Sucedió?
—Sucedió.
—No creo saber más que tú. Lo mismo, seguramente.
—Lo mismo no. Yo sé algo más.

Márquez lo interrogó con la mirada, y en ella vio pasar García Gago una ráfaga de temor.

—Brígida, la amiga, te vio salir de su apartamento. La amenazaste con la pistola, le dijiste quién eras. Te mataré si se te ocurre hablar, le dijiste.

—No recuerdo nada.
—Lo sé.

Márquez cerró los ojos. La sentencia estaba dictada.

—Te he traído esto —sacó el detective el bote de análisis de su bolsillo—. Creo que esta vez te toca a ti —le sonrió sin malicia.

—Será un placer —le devolvió la sonrisa—. Puede que tarde un poco, ya sabes, los nervios.

Cogió el bote y su móvil y se dirigió al cuarto de baño anexo a su despacho.

—Manolo —se le quebró la voz a García Gago.

El inspector lo miró.

—Lo siento.

El otro asintió con la cabeza.

El detective se volvió hacia la cristalera. En la ciudad que yacía a sus pies, a la que tanto había luchado por proteger Manuel Márquez, éste había acabado, una mala noche, con la vida de Florencia del Potro. El cómo ocurrió quizá nunca se supiera exactamente, porque había caído en el abismo de su memoria, quedando sepultado bajo una losa de alcohol y de culpa que ni por él mismo se dejaba levantar. Por alguna rendija hubo sin embargo de escapar el hilo de algún recuerdo, quizá una intuición, la sombra de una sospecha, o fue traicionado por un sueño, y se lanzó con una foto de Florencia en mano a indagar en la noche del Puerto, en busca del culpable que creía llevar dentro. Con la esperanza, sin duda, de comprobar que no, que esa idea absurda que se le había colado entre ceja y ceja no tenía ningún sentido. Pero no fue así, porque cuando esperó en un bar de mala muerte en el que había pasado algunas horas de la noche de aquel maldito viernes a que llegara el borracho obeso y grosero con quien había compartido las peores copas de su vida, supo por la boca maloliente de éste que sí, que esa chica de la foto había salido con él del bar que él le había dicho. «Joder, qué buena está, a que no tienes cojones de tirártela, y sí, los tuvo el cabrón», le dijo a García Gago cuando siguió los pasos del amigo a petición suya, «le sacó un buen fajo de billetes y la tía lo cogió de la mano y se lo llevó, cualquiera decía que no a semejante oferta, oiga.»

No fue en busca del testimonio del borracho para comprobar lo que le acababa de decir Brígida, que al final se atrevió a hablar. «Sí, estoy segura, era ese tipo que acompañaba a los padres en el entierro», había sollozado, sino más bien con la ilusión de que todo fuera un error, una absurda equivocación. Salió del antro con la náusea rondándole el alma en busca de aire y acabó frente a Las Canteras, pegado a la orilla, para intentar comprender por qué ese hombre que se estaba ahora masturbando para llevarle al juez semen y autoinculpación había llegado a matar, él que combatía el crimen, a una joven inocente, hermosa: quizá simplemente porque no había sido capaz de devolverle la virilidad arrasada por el alcohol, quizá porque estaba estrangulando en ella su vida miserable, fracasada, el recuerdo de una esposa ensangrentada, unos hijos perdidos. Porque el Doctor Jekyll que aparentaba ser no había logrado contener al Míster Hyde que todos llevamos dentro.

Ese hombre que se estaba ahora masturbando, pensó de repente, y se precipitó hacia el baño justo en el momento en el que un disparo tronó al otro lado de la puerta, y aturdido vio cómo tres policías irrumpían en el despacho, lo empujaban hacia un lado, derribaban a patadas la puerta del cuarto de baño para toparse con el inspector Manuel Márquez tendido sobre su propia sangre.

EPÍLOGO

Margarita le había dejado una nota en la mesita de noche. Sabía que había tardado muchas horas en conciliar el sueño, y al salir sólo le rozó la mejilla con los labios, para no despertarlo.

Una llamada a su móvil lo sobresaltó. Era Brígida:

—Tengo miedo. No debería haber contado nada.

—No tienes nada que temer, Brígida. Nunca tuviste nada que temer y ahora menos. Actuaste correctamente.

Se acomodó en un sillón. ¿Qué escuchará Margarita en momentos como éste?, se preguntó, y escogió el Vals triste de Sibelius.

Habrase visto caso semejante, pensó, en que un policía se devana los sesos buscando a un asesino que resulta ser él mismo.

¿En qué momento habría empezado a sospechar de sí, a convertirse en su principal candidato a culpable? En una ocasión él mismo había soñado con una mujer que de nada conocía, y unos días después la vio en la calle, alucinado, y ella lo saludó. Por la conversación que mantuvieron supo que la había conocido en un pub de la ciudad, borrachos los dos, y que su mente la había borrado de la superficie, pero no de los abismos en que se nutren los sueños.

Quizá fuera así, en un sueño, como Manuel Márquez se

delató a sí mismo. Quizá la nube que cubría aquella noche de viernes dejó pasar algún recuerdo, vago probablemente.

Fuera de un modo o de otro, el descubrimiento tuvo que ser atroz. Pero reunió el valor de ir en busca del monstruo que lo habitaba, y se descubrió Minotauro. Recordó García Gago algún cuento de Borges: «¿Lo creerás, Ariadna?» —se dirige a ella Teseo—. «El minotauro apenas se defendió.»

Tampoco Márquez, cuando se supo habitado por el monstruo. Un monstruo al que ya conocía desde las agresiones a su mujer, pero que había crecido dentro de él hasta lo intolerable.

Quizá él podría haberlo salvado de no percatarse tan tarde, se sintió estúpido, de que el inspector no se había encerrado en el cuarto de baño sólo para masturbarse. Aunque de qué habría servido. Desde el móvil el policía avisó a sus compañeros de que en ese mismo momento se iba a pegar un tiro, que era responsabilidad suya únicamente y que nada tenía que ver con ello el detective que lo acompañaba en el despacho.

Todo un detalle.

También el del detective, que sólo a Margarita, y bajo juramento de guardar el secreto, dijo por qué Manuel Márquez se había quitado la vida. Él ya había impartido justicia, no había nada más de qué hablar.

Miró el reloj; algo habría que comer. Tenía una deuda pendiente con un amigo con quien se había portado regular últimamente: se dirigió al Valbanera.

En los postres, Cándido se sentó en el puesto que algún día ocupó el inspector, y sirvió dos copas de su mejor ron.

—Por Márquez —levantó su copa el chef.

—Por Márquez —fue a su encuentro la del detective.

Al salir pidió al patrón que le envolviera una botella del mejor Oporto.

Se dirigió hacia el viejo R5 para rogarle que lo alcanzara hasta Ciudad Jardín. Iba a dedicar la tarde a doña Josefina.

Enfiló la calle Cano. Al pasar frente al nido en que se refugiaban Florencia y Miguel, no levantó la vista.

Del bolsillo trasero de su vaquero sobresalía un libro. Estaba releyendo *El doctor Jekyll y Míster Hyde*.

CONCLUYÓ LA IMPRESIÓN DE ESTE LIBRO POR ENCARGO DE ALMUZARA EN GRÁFICAS LA PAZ EL 28 DE JUNIO DE 2011. TAL DÍA DEL AÑO 1909 NACE EN LONDRES ERIC AMBLER, MAESTRO EN LA NOVELA DE ESPIONAJE Y EL GÉNERO NEGRO, CON TÍTULOS CÉLEBRES COMO *LA MÁSCARA DE DIMITRIOS, VIAJE AL MIEDO* Y *LA LUZ DEL DÍA*.